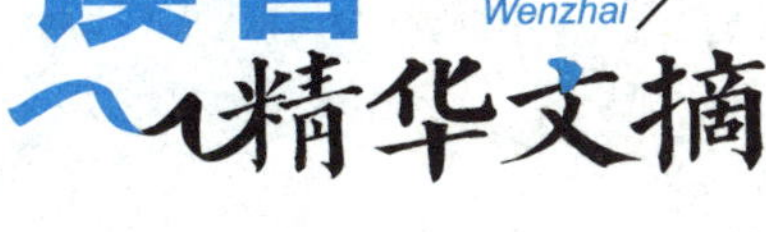

坐在路边鼓掌的人

陈晓辉　一路开花◎主编

煤炭工业出版社
·北 京·

图书在版编目（CIP）数据

坐在路边鼓掌的人／陈晓辉，一路开花主编．－－北京：煤炭工业出版社，2015（2023.1 重印）

（读者精华文摘）

ISBN 978－7－5020－4948－5

Ⅰ．①坐…　Ⅱ．①陈…　②一…　Ⅲ．①散文集—中国—当代　Ⅳ．①I267

中国版本图书馆 CIP 数据核字（2015）第 206855 号

坐在路边鼓掌的人

主　　编　陈晓辉　一路开花
责任编辑　马明仁
责任校对　郭浩亮
封面设计　宋双成

出版发行　煤炭工业出版社（北京市朝阳区芍药居 35 号　100029）
电　　话　010－84657898（总编室）
010－64018321（发行部）　010－84657880（读者服务部）
电子信箱　cciph612@126.com
网　　址　www.cciph.com.cn
印　　刷　北京飞达印刷有限责任公司
经　　销　全国新华书店

开　　本　710mm×1000mm $^{1}/_{16}$　**印张**　13 $^{1}/_{2}$　**字数**　170 千字
版　　次　2015 年 10 月第 1 版　2023 年 1 月第 6 次印刷
社内编号　7794　**定价**　46.00 元

把生活过成最美的诗句

雪 炘

他是为数不多，没被我的直接尖锐吓跑，而每次都表现得很绅士的男生。

他家离我住的地方不远，当我将他挑剔到无力反击的时候，他说，见面吧。既然那么有缘，我也闲来无事，见面谈谈无妨。

他说他想了好几天，见到我要聊什么，可见面时还是显得很沉默。

我说，你平时生活中就这么不爱说话吗？

他说，大抵如此吧。

我心想，这样才好，因为他说话直接到让你吐血。比如，他见到我第一句话是，你的身体状况比我想象中严重很多。

我点点头，微笑，因为感觉没法接。

他又杀出第二句，你能说话吗？

我脑子里“嗡嗡”作响，气流从鼻孔涌出，却只能继续微笑。

他马上接着问，你笑什么？

我笑着摇摇头，说，我们还是走走吧。

夏天清晨的校园有轻凉的风，我却感觉太阳照在肌肤上有一种灼烈的想逃脱的感觉。走到阴凉处，他很仔细地擦擦石椅，和我并排坐下来。这次好像好了一些，我们开始聊新闻和电影。可没过多久，我又无法去接他那独特的言辞，我们便继续漫步。

再遇阴凉处，他又掏出纸巾，仔细擦着凳子，然后走向垃圾桶。我们坐在树下，开始聊生活和感情，这次感觉好了很多。微风拂过草地，树上的虫子不断落在我身上，他一个一个捉走。

我问，为什么虫子不落在你身上？

他说，因为你是香的，我是臭的，它也懂得吃香的喝辣的。

我瞬间要跪着感谢上苍，原来也给了他幽默细胞。

后来相处久了，才发现，他说话总是那么不紧不慢、面无表情，但每句话都能让你笑到半死。他对人的关照，自然中透着细致，细致到会默默抚平你发间的疲惫。

他会把你爸、你妈，改说成叔叔、阿姨。每次出门，他都会把沿途的垃圾收集在一个袋子里，然后找垃圾箱放进去。如果道路狭窄，他就将我拉到旁边，让别人先过。如果是晚上，他会提醒我，说话小声点，别打扰别人休息……

我从他身上清晰感受到一个词——教养。

有个朋友说，教养不是道德规范，也不是小学生行为准则，其实也并不跟文化程度、社会发展、经济水平挂钩。它更是一种体谅，体谅别人的不容易，体谅别人的处境和习惯。

同样，教养是能够从内心深处理解和接纳别人不常规的地方。其实生命的相同之处，就在于他们用各自的特点，表现出了完全不同的样子。

阅读是为了解释经历,而经历能够让一个人足以体悟他人。有了这种体悟,你才能在生活中,更好地与一切相处。你不会粗暴地赞美或者责难,因为你明白所有事物背后都有一条逻辑链,只是我们常常忽略或看不到。

我们都是有教养的人吧,所以才没在不美好的相遇中匆匆抽身而退。我叫他“澳大利亚”,因为他像一部百科全书,好像什么都知道;虽不扎堆,却富足优雅,仿佛拥有一个完整的世界。

我们常常聊电影、聊生活、聊工作,他的每句话永远那么搞笑,却能耐心听你说任何事情,然后不紧不慢发表言论。

他从开始,就教了我一个词叫“无欲则刚”。起初我不太明白,后来我懂了:只有对外界毫无索求的人,才能在生活的每一场剧目中,优雅地缓缓出场和落幕。而我们都活得太急躁,什么事都在争取时间,不经意间就提高了语速和步伐,却不知道如何将自己拉回来。

一直被教导着,做一个有用的人,去干伟大的事情。可是,何为有用的人,何为伟大的事?有人为了达到自己的目的,不惜用各种技巧和方法,去损害别人的利益,甚至尊严。这种人就算腰缠万贯,成为世俗意义上的成功者,你能说他是个有用的人,做了伟大的事吗?

我们都是尘世里的平凡人,平凡到如同一颗沙子,一阵风吹过就能消失不见。阅读不会让你变得伟大,更不会成就你的梦想,它只会让你在平凡里从容不迫,成为一个有教养的人。

在偌大的宇宙空间里,我们本身是没有任何意义的,我们只对彼此有意义。于本身生命而言,最幸福的不是你被多少人熟知和认可,而是你有情趣把细小的日子过到精致。

书里教给我们为人处世的技巧和方法,我们要了解和懂得,但不要让自己成为技巧和方法的载体。所有的方法和技巧,都是为了彼此更好地沟通和理解,而不是为了达到自己所谓的目的。如果你本身就是在演戏,那演技再好,也不过是戏。人与人之间重要的是坦诚,直接表达,好过一切粉饰过的委婉动听。

我们可以普通,但要像“澳大利亚”一样绅士优雅,把生活过成最美的诗句。

2015年5月13日

书于陕西杨凌

雪炘,先天性脑瘫患者。拒绝《感动中国》栏目组邀请,拒绝接受残疾补助。热爱生活,尊重平凡。文章常见于《青年文摘》《思维与智慧》《疯狂阅读》《做人与处世》《课堂内外》《知识窗》等杂志,并入选多部图书。获全国性文学奖数次。

目　录

第一辑　我想让他们听到我的掌声

我们每一个人都在找寻自己的归属感，我们每一个人都有追寻幸福与平等的权利。就像塔比亚，虽然身体残疾，但是她觉得自己和其他人是一样的。

第二辑　从霓虹到月亮的距离

人生的路，我们不断自我完善，从而到达喜欢的样子。走走停停是种姿态，随遇而安是种洒脱。何必去追逐呢？

第三辑　放得下才能快乐

生活的包袱，越背越沉重。及时地放下那些沉重的心理负担就可以轻松上路，我们需要时时刻刻为自己减压。

第四辑 言宜慢，心宜善

年轻的时候总是容易冲动，到了中年大概才能成熟起来，说话应该慢速，决定也是要经过深思熟虑才能做的。

第五辑 心灵静默的时刻

大爱无言，大音希声。生命中令人动容的时刻有很多很多，可是心与心交流却让人最为感动。

第六辑　灵魂中一只温暖的猫

每个人心中都该有这样一只猫，它是打不死的小强，更是自己的信念和希望，是坚持下去的全部意义。

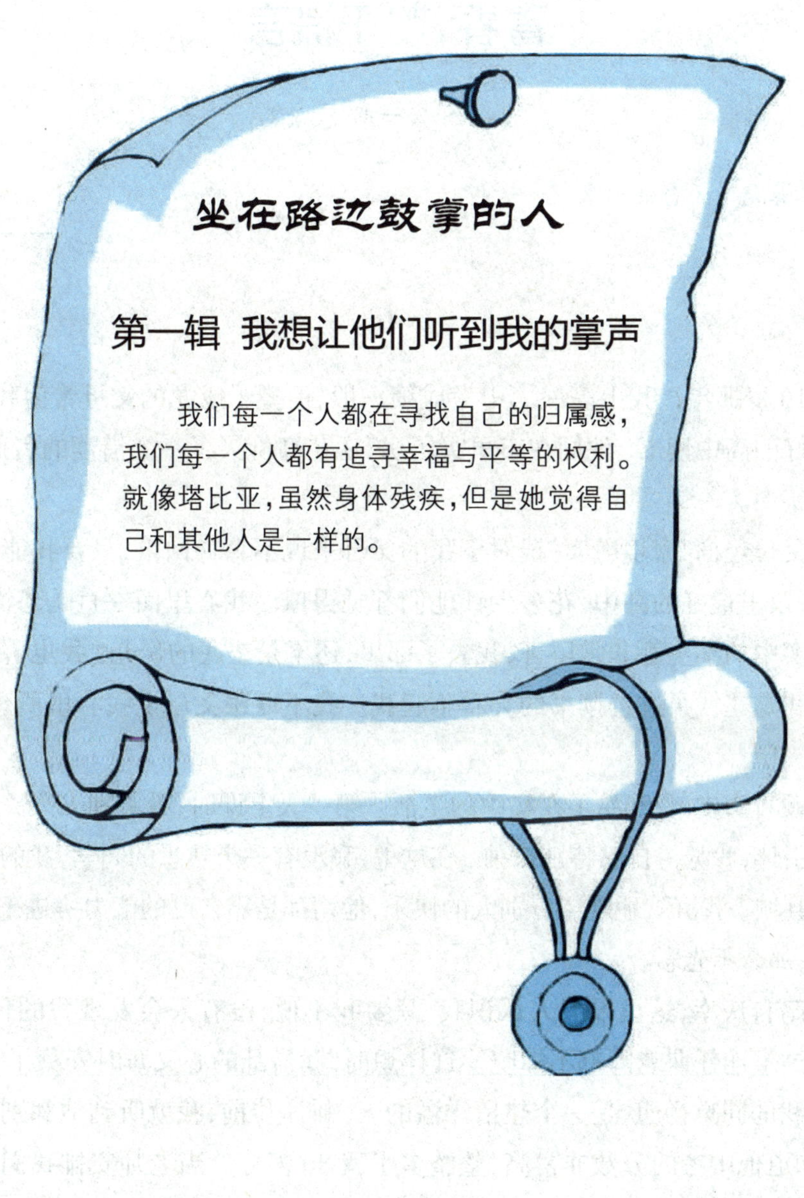

坐在路边鼓掌的人

第一辑　我想让他们听到我的掌声

我们每一个人都在寻找自己的归属感，我们每一个人都有追寻幸福与平等的权利。就像塔比亚，虽然身体残疾，但是她觉得自己和其他人是一样的。

青春,始于谎言

安一朗

青春是本太仓促的书。

——席慕蓉

1

16 岁那年，我上高一。中考成绩一般,但望子成龙的父母希望我能去市里最好的高中读书。他们在市里买了房,还花高价买了一个借读的名额,让我去了实中。

父母经商,家境殷实,钱对于我的父母来说不算一回事,只要我能离开县城,去市里最好的高中,花多少钱他们都觉得值。我心里面一直是恐慌的,我知道实中的学生都非常厉害,我去了那里,还不是垫底的份儿?我也害怕别人知道我是花钱买进去读书的会看不起我。我不敢跟父母说我心里所想的,怕他们失望。

硬着头皮,我开始了在实中的生活。第一天上课时,看着别人兴高采烈地呼朋引伴,我觉得自己特别孤独。在这里,我没有一个熟悉的同学,我的同学都还在县城。我沉默地观望着别人的快乐,他们都是靠自己的能力考进来的。唯有我,那么不光彩。

暗自庆幸,这里没有人认识我,只要我不说,没有人会发现我的秘密,我知道这事连任课老师都不知晓。这样想时,我慌乱的心又暂时安稳了一些。

我的同桌杨旭,是一个热情洋溢的人。排座位前,我就听到他和别人的聊天,知道他中考的分数非常高,整整多了我 80 多分。当老师安排我们坐在一块儿时,他一坐下就询问我考了多少分。我愣了一下,不好意思地说:“考得不好，比你差远了。”我说的是实话，但我没有勇气把自己的分数公布出去，怕自己在这个班里再也没有立足之地。

“刘康伟，你真谦虚！能考进实中的，哪个都不差，以后一起努力了！”杨旭拍拍我的肩膀，友善地说。我的脸倏地涨红，急着干咳几声，掩饰了自己的慌张。还好前桌的女生柳叶转过头来找杨旭说话，无意间帮我解了围。柳叶和杨旭是初中校友，以前就认识。

毕竟刚上高中，教室里喧闹了几天后才渐渐步入正轨。

2

实中是重点高中，校风严谨，这里是一个藏龙卧虎的地方，随便找出一个同学，都有可能是某一科的尖子生，或是某一方面的达人，他们看上去很普通，可能跟我一样，或许还是个沉默寡言的人，但这一点都不影响他们发光发亮。

在良好的学习风气影响下，我再也没有过去那种得过且过的想法了。在这里，稍不努力就会被人远远落下。我在班上几乎不说话，我用沉默来保护自己的隐私，我怕万一说漏嘴了让自己抬不起头来。我不敢再掉以轻心，每天都埋头苦读。为了跟得上老师在课堂的讲课进度，以前从来没有预习习惯的我，也早早预习好。我把预习、听课、复习、写作业，安排得有条不紊，虽然很辛苦，但我辛苦并快乐着。

进入高中的第一次大考，在开学20多天后进行。老师说这次考试，一来检查一下大家以前的知识功底，二来看看能否适应高中的教学方式。

我的心在考试前几天就开始惴惴不安了。没考试前，只要我不说，谁也不知道我以前是什么样的成绩，我又是以何种方式进到这所学校。马上要考试了，分数一公布，我就得原形毕露，到时候，我还有何颜面再在这里待下去呢？班上的同学会如何看待我？年轻的心，都特别敏感，他们会接受花钱买进来的我吗？

思绪纷乱如云，我心里被恐慌塞得满满的，透不过气来。我一次次在心里怨恨父母的虚荣心，一次次后悔不该来到这里等着被众人嘲笑、讽刺。可是我已经进来了，没有退路。

帮老师去拿教案时，我发现办公室只有最里边的角落有一个老师，他正埋头工作，根本没看见我进去。放教案的柜子边上，是隔壁班数学老师的办公桌，他的桌面上放着一摞试卷，只用一本书压在上面。我随意瞟了一眼，心里“咯噔”一下，那不正是我们几天后考试的试卷吗？我的心里莫名地紧张起来，连手也在抖，手心沁满汗水。鬼使神差，那一刻，我脑子里一片空白。匆匆抽了一张试卷出来，我紧张地折叠好，藏在口袋里，然后飞也似的离开，连教案都忘了拿。跑到楼梯口，才记起自己的任务，于是又返回去。

回到教室时，我气喘如牛，额头上满是冷汗，感觉整个人都要虚脱了。同桌杨旭关切地问我怎么了？他说我的脸色看起来很不对劲。我忙说没事，但心一直在“怦怦”跳，忐忑不安的感觉真难受。

我不是小偷，我只是不想自己在实中的第一次考试成绩就垫底，不想被班上的同学看不起，不想被任何人窥探到我的秘密。我自欺欺人地自我安慰，仅此一次，下不为例。

回到家，我认真地把那张试卷做了一遍，不会的题，我就照着书上的例题一点点想。我不敢去问同学，怕事情败露。两天后，终于迎来了考试。数学原先是我最害怕的，但因为已经做过一遍试卷了，心里倒是安定一点。

我不知道那几天里我是如何度过的，既渴望早点公布成绩，又害怕成绩公布后自己无法面对，我还害怕我偷试卷的事情败露让自己无地自容。沉默的我变得更加沉默，神经紧绷，一点点风吹草动我就惶恐不安，如坐针毡。

3

度日如年的感觉让我快要窒息了。

老师似乎是故意在考验我的忍受力，在我感觉自己快要崩溃时，终于开始发试卷了。语文、英语……每一科虽不尽如人意，但也没有垫底。当数学卷子要发下来时，我屏住呼吸，竖起耳朵聆听老师说的话，生怕漏了一个字。

“刚上高中，估计大家中考后都玩儿过头了，一时还没回过神来……这次的考试成绩居然只有5个人90分以上，这里可是重点高中，你们可是市里最好的学生……以后大家一起努力吧，我相信你们不会只有那么点能耐的……”数学老师娓娓道来，时而严厉，时而鼓劲。

大家都在窃窃私语，老师念一个分数，发一张试卷。

“刘康伟，98分，全班最高。”

听到老师念我的名字时，我的心跳骤然加快。我低着头，匆匆走上去。面对老师赞赏的目光，我却感觉那目光似乎要穿透我的心。

“刘康伟，你好赞呀，真人不露相！”杨旭凑过头来，搂住我的肩膀。

我却是敏感地坐直身子，分析他话中的意思，会不会折射什么。杨旭比我少20分，他说以后要多向我请教。我却感觉他是在试探我，脸涨得通红。

前桌的柳叶在哭，虽然她的语文和英语都考了全班第一，但数学的不及格让她痛哭流涕。她哽咽着说：“我从来就没有考过不及格的……”

叹气声此起彼伏。我没有一丁点初战告捷的喜悦，我知道我的成绩是假的，如果没有事先偷到试卷，我到底能考多少分呢？我并不想考第一名，只希望自己的成绩不垫底，自己在这个班上能够有立足之地就够了，但现在，事情的发展由不得我了，大家都以为我是“高手”，一个“不露相”的高手。他们羡慕的目光让我芒刺在背。

我撒下了第二个谎言，以卑劣的手段。第一次是父母帮我一起撒下的，但后果只能我来背。

我无路可退了。

4

我让父母帮我请来最好的家教老师，自己也重新调整学习计划，为了不让自己的谎言败露，我只能全力以赴。

我相信“天道酬勤”，虽然我的起点不如别人，但我可以重新开始。我如饥似渴地把学习当成自己最重要的事，比任何时候都更想要读书。

父母看我知道要读书了，一脸欣喜。他们说我长大了，说我进了重点学校就是不一样。我提的要求，他们全都答应。看着乐滋滋的父母，我心里其实很难受，我知道父母对我的期望很高，知道他们为了我花再多的钱也不在乎。我不想让他们失望，我更不能因为自己的不努力让谎言被揭穿。

“一夜长大”或许就是这样的吧。我的蜕变连我自己都觉得不可思议。我把时间安排得满满的，每天仅留下半小时的工夫吹我喜欢的葫芦丝，那片刻的放松，让我重新积蓄力量，每天都斗志昂扬、精神焕发。

杨旭说我变了，柳叶也这样说。

我只是微笑，无法解释，内心深处一直有一个声音在为我鼓劲：“你一定可以的。”我相信自己可以，我要把曾经的谎言变成现实，唯有这样，我才能让自己的心安宁。我不断在心灵上自我修正，并且在努力的过程中找到了学习上真正的快乐和成就感。

整个高中阶段，我像上紧发条的钟，每天过得忙碌而充实。家教老师的课外辅导，再加上我自己的努力，第二次考试、第三次考试……我都没有让自己失望。

实中毕竟是重点学校，高手如林，虽然我没有进入尖子生的行列，但保持在中等偏上的成绩还是让我找到了满满的自信。特别是数学，曾经让我痛苦不堪，后来也被我征服了。

青春年少时，我们可能都撒过这样或那样的谎，为了谎言不被揭穿，为了自己能被别人认可，我做出了最大的努力。

虽然这一切，始于谎言。

青春，人生中最鲜活的字眼。纵使为了虚荣心做出一些不为人知的事，今天看来，却也是美的，因为在那个“兵荒马乱”的年月，我们都是最好强的！

一个人的美德无关他人的态度

孙道荣

人不能像走兽那样活着，应该追求知识和美德。

——但丁

办公室内，大家为一件事激烈地争执。

事情的起因，是一位同事孩子的遭遇。同事的孩子还在读小学。暑假的一天，小家伙在去新华书店的路上，遇到了一个怀抱孩子的年轻女人。年轻女人先是问他路，怎么去火车站。小家伙热情地为她指点，从哪里坐哪路公交车，就可以直达了。问完了路，年轻女人又面露难色地对他说，自己是外乡人，来杭州旅游的，但是钱包被人偷了，能不能给她点坐公交的零钱？

同事的孩子听了年轻女人的故事，从口袋里掏出钱包，看了看，里面正好有几枚硬币。小家伙毫不犹豫地将硬币全部拿给了年轻女人。年轻女人连声称谢，夸他是个善良的孩子，眼睛盯着小家伙的钱包。小家伙的钱包里，还有几十元的纸钞，是妈妈刚刚给他，让他自己到新华书店去买书的。

小家伙准备将钱包放回裤兜里，忽然想起了什么，主动问年轻女人，阿姨，你的钱包被偷了，那你到了火车站，怎么买票回家呢？

年轻女人一脸无奈的样子，到了火车站再说吧。

小家伙迟疑了一下，再次打开钱包，将里面的纸钞也都拿了出来，递给女人说，阿姨，这是我准备去买书的钱，送给你吧。

年轻女人显然没想到孩子会主动把钱包里的钱都拿出来给她。她犹犹豫豫地接过了小家伙递过来的钱。

同事的孩子似乎还是有点不放心，对她说，要是这钱不够买车票，我可以打电话让爸爸过来，我爸爸的单位就在附近。

年轻女人一听，连连摆手，不用了，不用了。谢谢你啊，小朋友，你真是一个好孩子。一边说，一边匆匆地抱着孩子，离开了。

没钱去新华书店买书了，同事的孩子来到了爸爸的单位。他的爸爸，是我们的同事。

孩子简单地向爸爸讲述了事情的经过。爸爸耐心地听完了孩子的讲述，赞许地摸摸孩子的头，又拿出几十元，给了孩子，让他继续到新华书店去买书。孩子拿上钱，开心地去新华书店了。

孩子一走，办公室里就炸开了锅，激烈地探讨起来。

一位同事语气坚定地对孩子的爸爸说，你的孩子被骗了，那个怀抱孩子的年轻女人，经常在那一带行骗，假装钱包被偷，回不了家，向路人要钱。要得不多，就三五块钱，所以，不少人会上当。另一位同事附和，没错，这是一个笨拙的骗术，晚报上还报道过。

孩子被骗了，这一点大家基本意见一致。争论的焦点是，要不要告诉孩子真相？

一种观点是，必须告诉孩子真相，以免他下次再上当受骗。

另一种观点却是，不宜告诉孩子。否则，孩子的善心会受到严重伤害，而且，今后他就不会随意相信他人了。

各执一词，都挺有道理。

让我惊讶的是孩子爸爸的态度。他说，听完孩子的讲述，他就大致有了判断，孩子可能是遇到骗子了。但他没有对孩子说穿，原因很简单，那会挫伤孩子的善心。再说，也可能那个女人，真的是遇到了困难。他说，他这个孩子，身上最宝贵的就是善良。从小，只要看到乞讨的人，无论是老人、残疾人，还是壮年，他都会停下来，将自己的零花钱拿出来给人家。他曾经试图告诉孩子，有的人是真的不能自食其力，靠乞讨为生，有的人却是因为好吃懒做，才流浪街头的，因此，要看具体情况才能决定，不然，你的爱心，可能就被人欺骗了，或者被利用了。没想到，孩子歪着脑袋反问他：“我怎么分得清呢？而且，我帮助他们是因为我善良，与他是什么样的人并没有什么关系啊。”

同事感慨地说,孩子给他上了一课。善良是孩子的天性,我希望孩子保持这颗善心,成为他身上的一种美德。而一个人的美德,是出自于他真诚的内心,不需要回报,也无关他人的态度。

同事的结论是,如果当时他在场,他也不会阻止孩子帮助那个女人,即使那个女人可能是个骗子。他说,确实有些人靠博取别人的同情心而行骗,但是,相对于孩子的善心来说,纵使有那么几次,帮助了不该帮助的人,损失了一点点金钱,但是,让孩子保持一颗善良之心,远比这点损失重要得多。

我赞同他的观点。美德是这样一种品质:我善良,不因为你不友善,我就不再善良;我尊重你,不因为你傲慢,我就不尊重你;我真诚,不因为你虚伪,我就不再真诚;我心怀美德,不因为你心存恶念,我就丧失美德之心。真正的美德,是发乎内心的,没有附加条件的。

社会需要正能量,孩子更是需要这些美好的品质来增加生命的厚度。一个成年人可贵的品质不在于他乐善好施,而是在见过很多欺骗之后,依然保持美德,并传给孩子。

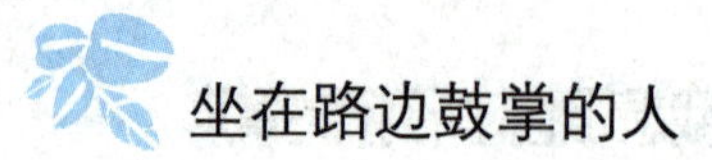

英雄背影

麦父

要想做一个真正的英雄是没有选择余地的，往往是要么成功，要么成仁。

——希契科克

浙商博物馆里，收藏了很多“宝贝”，这些藏品，大多是从浙商中征集而来。每件藏品的背后，都有一段刻骨铭心的故事，见证了一个个成功浙商艰辛的创业史。

这是一辆普通、破旧的三轮车，曾经有个人就是骑着它，沿街叫卖、送货，谁能想到20多年后，这个人以800亿的身家，成为中国富豪榜的第一名，从一瓶水建立起了一个价值数百亿的商业帝国，他就是宗庆后。

这是一本写得歪歪扭扭，仿佛天书一样的电话簿，号码前画着一只羊的，代表这是一个姓杨的电话，如果羊边上还有一根辫子，那就是女的姓杨的电话。这本电话薄的主人，一个字也不识，所以他只能这样靠原始的符号来区分。有一次，他参加一个多部门领导参加的会议，他就用铁塔、飞机、汽车等图案分别代表管电力、招商、交通的领导。他叫潘阿祥，白手起家，打造了一个资产20多亿的现代化企业集团。

有这样一张发黄的老照片，一个人骑着一辆自行车，后面载着一大桶液体皂。这是51岁的徐传化用自行车载着在家里用手工调制好的液体皂出门叫卖贩售的照片。1986年，徐传化父子创办起了生产液体肥皂的家庭作坊，靠一口大缸和一只铁锅开始创业，短短26年，这家企业的营业收入已突破200亿元。这口大缸现在就陈列在博物馆的显眼位置。

锈迹斑斑的人力运货三轮车，样貌笨拙的农家粗瓷大土缸，老掉牙的补

鞋机，快要散架的货郎架，黑不溜秋的爆米花机……这些破旧不堪的物品，因为其当初的使用者，如今都创造了辉煌的成就，因为见证了一段历史，而成为博物馆珍贵的藏品，它们的身上，似乎也有了某种光环。

但是，在浙商博物馆内，也收藏了这样一些物品，它们的“主人”，最终没能成功，而是失败了。它们讲述的，是一个个失败者的故事。

在博物馆的一个展区正中，陈列着一辆红色的玻璃钢轿车外壳，别小看了这个样子有点古怪的外壳，它可是中国最早的电动轿车的雏形。它的主人是来自温州苍南的叶文贵，有着“温州第一能人”的美誉。在20世纪80年代，当“万元户”成为财富的代名词时，他已坐拥了千万元资产。这个了不起的商人，想做一件在很多人看来是异想天开的事情：制造既环保又节能的电动轿车。这是他早年的梦想。他以为今天的自己，已经具备了这个实力，来实现这个梦想。1989年秋，叶文贵发明的第一台玻璃钢车身四轮四座的电动车试车，获得了空前成功，充了一夜电之后竟然可以跑200多公里。第二年，他发明的混合动力车又成功上路。这是中国第一辆混合动力车，也是全球充电跑最远的混合动力车。他将这些年所赚的一千多万元，全部投进电动车的发明创造中去了，他的电动汽车梦想，似乎近在眼前，可惜，由于未能实现商品化，最终，在耗尽了所有的资产之后，他的电动车项目不得不中止。他失败了，这个当年的温州首富，转眼之间，一无所有，只剩下了那辆红色的汽车外壳，以及未完成的梦想，这是一个失败者的悲情故事。

在这个展区，有一把剪刀和一根皮尺，它们的故事也让人唏嘘不已。这把裁缝剪刀和皮尺，是当年的海盐衬衫总厂使用过的。很多人可能不了解海盐衬衫总厂，但是它的当家人的名字，你一定如雷贯耳，他就是曾经叱咤商海的步鑫生，他把一个只有300多人的一家小厂，打造成了全国最大的衬衫厂，成为全省和全国的典型。他因为创造了“步鑫生神话”而轰动全国，成为最成功的改革家。“谁砸我的牌子，我就砸谁的饭碗”，步鑫生的这句豪言，一度风靡全国。包括这句名言在内的他的厂长哲学，对于无数白手起步的民营企业主来说，算得上是一堂最生动的启蒙课，让很多人第一次接受了市场化商业文化的洗礼。但是，就是这样一个改革家，因为一系列的决策失误，导致海盐衬衫总厂资不抵债，一颗耀眼的明星，就这样转眼垮塌。被免职的步鑫生，不得不离开了工厂，离开了家乡。他失败了，黯然退场。虽然他又接手或创办了其他企业，却再也没能重振辉煌。

还是在这个展区，展示着一张福布斯中国内地富豪榜的榜单，上面有浙商陈金义的名字。在富豪榜的旁边，是陈金义的大事年表。把这样两件物品，放在一起展示可谓意味深长。陈金义开创了全国首例“私”吃“公”的“陈金义现象”，他创造了亿万身家，可是，因为轰动全国的欠债门事件，他又瞬间从“富翁”变成“负翁”，他失踪了，至今不知所踪。无疑，他最终也成了失败者。

这是浙商博物馆内，一个最特殊的展区，展示的不是成功，不是辉煌，也不是掌声，而是三个失败者的背影。这个展区的名字很震撼：英雄背影。没错，他们是失败者，但他们也是英雄。当一个社会能不以成败论英雄的时候，那才是一个真正英雄辈出的时代。

我在这些英雄的背影前驻足了很久，耳旁有无数足音在回响，那正是时代前进的脚步。

每一个成功者的身后，总有密密麻麻坚实的脚步。他们因默默无闻地付出而变得无比高大，纵使有失败，却依然令人敬仰！

空瓶子

周海亮

开朗的性格不仅可以使自己经常保持心情的愉快，而且可以感染你周围的人们，使他们也觉得人生充满了和谐与光明。

——罗曼·罗兰

没有考上理想的大学，他心灰意冷。仿佛一切都失去了意义，他认为自己正在经历人生中最大的困难与挫折。整个暑假他浑浑噩噩，看什么都不顺眼，干什么都没有精神。临开学时，父亲找出一个空瓶，说，我们假设这个瓶子可以装得下你一生中所有的困难和挫折，那么现在，对你考不上理想大学这件事，你认为装多少合适？他想了想，说，半瓶吧。父亲拿来一瓶酒，让他往空瓶子里倒，他毫不犹豫地将手中的空瓶装了一半。父亲用蜡和木塞将瓶口封紧，说，等你认为挫折完全过去的时候，再把这半瓶酒喝光。

上了大学以后，他才发现问题并没有想象中严重。他竟然发现自己狂热地喜欢上他的专业，他甚至庆幸自己能够来到这所大学。假期回家，跟父亲说了，父亲便拿出那个酒瓶，说，现在你认为你的挫折完全过去了吗？他笑笑，将半瓶酒匀进两个酒杯，和父亲对饮。是烈性酒，他只能喝下一点点。父亲一边喝着酒一边说，现在你是不是觉得当初你把困难夸大了？他不好意思地笑笑，说，好像是这样。

大三那年，他失恋了。被人抛弃的滋味让他突然对自己失去信心，对这个世界失去了信心。假期回家，在父亲的再三追问下，他把与那个女孩的一切都告诉了父亲。父亲问我们接着做那个游戏？他点点头。父亲问他，那么现在你认为，往里面装多少酒合适？他想了想，将空瓶装满三分之一。父亲问感情的事情难道没有学业重要？他笑笑，不语。父亲再把瓶口封紧，对他说，等你认为这件事情已经不能再影响到你的心情时，就把这些酒喝光。

尽管失恋给他造成很大打击，尽管这打击让他在很长一段时间神志恍惚，但恋爱毕竟不是生活的全部。半年过去，他再一次恢复了以前爱说爱笑的样子。失恋会让一个人长大，他甚至感谢自己的这段经历。当然，过年回家时，也再一次和父亲喝掉那三分之一瓶烈性酒。酒喝完，父亲说，你觉得这一次，你把失恋这件事情夸大了吗？他仍然笑笑。他说，好像真的是这样。

然后，他毕业后找不到理想的工作。一切都与大学时的憧憬相去甚远，他感到前途渺茫，一切充满了未知。父亲打电话过来，说不妨回家休息一段时间，待有了好的精神状态，再回去找工作不迟。听了父亲的话，他再一次回到老家。父亲仍然拿出那个空瓶，说，把你现在认为的困难装进去吧。这一次他想了很久，却只往里面倒进去一点点酒。父亲问够了？他说足够了。父亲问你正在经历的，就这点困难？他说是，就这些，也极有可能被我夸大了。

一个月以后他重新返回城市，竟然顺利地找到了理想的工作。过年回家时，和父亲一起，将那点酒喝掉。

晚上和父亲一起去海边散步，父亲的手里拎着那个空空的酒瓶。父亲说其实你面临的困难和挫折越来越大——学业、情感、事业——这些对你的人生越来越重要，可是你却认为它们一次比一次小……他说的确是这样，可是当我喝掉那些酒时我才发现，我当初真的是把这些困难和挫折放大了。父亲说那么这个瓶子还有继续留下来的必要吗？他说我认为没有必要了，尽管今后我肯定还会遇到更大的困难和挫折，但我知道，所有的困难和挫折终会过去，再回首时，你看到的，不过是一个空空的瓶子。

父亲笑了笑，将手中的瓶子，扔进了大海。

那些你以为永远也过不去的时刻，也许在你睡一觉醒来就已经不是那么在意了。时间是治愈一切的良药，当你觉得怎么也过不去的时候，那就不妨把这个问题交给时间。你要去相信，没有到不了的明天！

女入殓师

小佟探花

把每一件简单的事做好就是不简单，把每一件平凡的事做好就是不平凡。

——张瑞敏

入殓师又称葬仪师，是专门为逝者化妆、整仪或美容的职业。在很多人眼中，入殓师是一份神秘、特殊，甚至被蒙上一丝恐怖气息的职业。其实，入殓师并非人们想象的那么恐怖可怕，甚至还有一些青春靓丽、时尚前卫的女孩自愿选择从事这一职业。“90后”女孩张艳秋，就是一个追赶潮流的女入殓师。

24岁的张艳秋，来自东北长春。她性格开朗，长相甜美，爱说爱笑，让人无论如何都很难把她和冷冰冰的入殓师联系到一起。但这却是千真万确的。

张艳秋毕业于北京社会管理职业学院现代殡仪管理专业，毕业后就被分配到广西柳州市殡仪馆做入殓师。每天的工作除了搬运遗体外，还需要给逝者洗澡、做防腐、整形，再穿好衣服，做修面、化妆、美容等。

每天早晨8:30，张艳秋来到殡仪馆，换上白大褂，便开始一天的忙碌，打粉底、画眉毛、抹腮红、涂唇膏……化妆手法娴熟，一丝不苟。张艳秋每天要为20多名逝者化妆，最忙的时候，一天要为50名逝者整理妆容。时至今日，张艳秋已经考取了遗体防腐四级和殡仪服务员五级的技能证书。而且从事入殓师两年多的时间里，张艳秋已经用她的葱白般的纤纤细手，为2万多名逝者留下了永恒的美丽。

张艳秋至今记得她第一次给逝者化妆时的情景，她当时心里“嘭”地跳了一下，紧张害怕得要命，不敢走近，也不敢看。师父仿佛洞穿了她的心理，微笑着对她说：“为逝者化妆，让其庄重地离去，是对生命最高的尊重，也是对逝者家属最大的抚慰。把逝者当成自己已故的亲人对待，你就不会再那么害怕了！”张艳秋按照师父教授的方法去做，果然恐惧感减少了很多。

殡仪馆内的大多数逝者都是自然死亡，少数人属于非自然死亡。当看到小孩或年轻人时，张艳秋心里会很心疼和惋惜。张艳秋一般给逝者化油彩妆或普通妆。老年人或者脸上有伤的，张艳秋就给他们化油彩妆。如果是小孩，只要稍微涂点腮红，脸色就会很好。张艳秋说，入殓师力求温柔稳重，从每一个细节帮助逝者家属渡过心理上的难关。

张艳秋做入殓师纯属偶然。记得高考报考学校时，父亲已经为她做好了出国留学的准备，但是她突然看见北京社会管理职业学院有个叫作现代殡仪管理的专业，出于新鲜和好奇，便瞒着父亲报了名。事后父亲知道了一宿没有睡觉，第二天一早问她：“可不可以换专业？”张艳秋却很坚持。张艳秋的父亲很生气，很长一段时间里不和她说话。直到不久后亲戚家中有位老人逝世，父亲与入殓师有了近距离的接触，才打消了阻拦她就读这一专业的念头。

在工作中，虽然大部分逝者家属都对入殓师较为尊敬，但也有情绪激动的家属，将悲痛情绪变成了对一切不遂意的愤怒。由于审美观点不同，逝者的情况也有很大区别，妆容浓了、淡了，家属常常不满意，就指着鼻子骂。对此，张艳秋表示理解，一遍遍地重新来过。张艳秋对殡仪行业的发展很有信心，但她心里有很多委屈，面临很大压力。由于社会上对于殡葬工作的偏见，特别是对女入殓师的偏见，给了张艳秋太大压力，并给她的日常生活带来了诸多的不便。因为她住在殡仪馆宿舍，如果晚上出去玩返回比较晚，出租车司机都不愿意搭载，只能走路回去。“但是自己选择的路，就是跪着也要坚持走下去。”张艳秋坚毅地说。

面对采访，张艳秋说：“其实，和其他工作一样，入殓师也只是一份平凡的工作，只是工作的对象不同而已。我热爱我的这份工作，而且由于在工作中见多了死亡，让我更加珍惜生命，更加爱家人和朋友。”

每一个平凡的岗位都有意义，每一个行业都该被尊重。因为他们，才使得我们的世界如此丰富多彩。我们在享受这些服务便利的时候，还要记得他们平凡的笑脸！

我想让他们听到我的掌声

阿建

体育和运动可以增进人体的健康和人的乐观情绪，而乐观情绪却是长寿的一项必要条件。

——勒柏辛斯卡娅

在2012年伦敦奥运会马拉松比赛的赛场外，有一位始终坐在轮椅上的很特别的观众，叫塔比雅，她来自利比亚，自幼失去了双腿，只读了五年的书，她现在是一家花店里的临时工，每个月只能赚到少得十分可怜的薪水。连行走都很吃力的她，却是一个十足的体育迷，无论是各种球类运动，还是田径运动，她都很喜欢。只要有机会，她就想方设法去看比赛。

今年7月，她毅然花掉自己这几年来辛苦积攒的全部积蓄，几经辗转，终于来到了梦想中的伦敦。然而，近在咫尺的奥运赛场，她却无法进去。因为此刻囊中羞涩的她，已经买不起哪怕最廉价的一张进场观看比赛的门票，对此，她似乎一点儿也没有沮丧，因为她欣喜地发现，还有一些不要门票的比赛，比如马拉松比赛。

为了能够挑选到一个最佳的观赏比赛的位置，她提前一周，摇着轮椅，顶着烈日，细心地探查了马拉松比赛的路线。当她确定了一处最佳的观看点后，她激动地舞动着双臂，像一只展翅欲飞的鹰。

然而，不幸的事情发生了，在比赛开始前两天，她感冒了，吃药、打针都没有退去高烧。

怎么办？难道真的就这样躺在病床上，通过电视看比赛？那个念头只一闪，便被她掐灭了。她必须要到现场去，尽管那天发烧更厉害了，脸烧得通红，她仍没有丝毫的犹豫，服过药，便吃力地摇着轮椅早早地来到选好的地点，准备为每一位从自己面前跑过的运动员加油。

当第一批运动员奔跑过来时，她和周围的观众一同热烈地鼓掌、呐喊，仿佛自己也是一个健康无比、精力充沛的超级粉丝。

随后，一拨拨的运动员跑过来，她不停地为他们鼓掌，热情而执着。

直到掌声欢送最后一名运动员从身边跑过，她才瘫软地倒在轮椅上，蓦然发觉自己的高烧尚未退去，浑身烫得吓人。

当一位记者惊讶地问她："其实，你完全可以在电视上看到全景的赛况转播，为什么非要带病亲临现场看比赛？"

她微笑着回答："我想让每一个从我身边跑过的人，都能听到我赞赏的掌声。"

"这对他们很重要么？"记者仍然有些不解。

"这对我很重要。虽然我今生再也无法健步如飞，我却可以坐在路边，把我由衷的赞美热情地奉上。"她一脸的自豪，仿佛胸前挂着金灿灿的奖牌。

我不禁想到了台湾作家刘继荣的女儿说过的一句话："我不想成为英雄，我只想成为坐在路边鼓掌的人。"

没错，滚滚红尘中，我们当中的许多人注定都只是平凡之辈，无论我们如何渴望，如何努力，我们最终都可能无法成为渴望的英雄。然而，我们却不必因此而抱怨和叹息，而应该像塔比雅那样，欣然地坐在路边，为我们心中敬仰的那些英雄，敬献上我们热烈的掌声。纵然那掌声很轻很轻，似乎微不足道，但那掌声是发自肺腑的，是我们对英雄由衷的赞赏，更是我们对自己平凡生命的一种肯定。

伦敦奥运会马拉松比赛冠军的名字，我很快就忘记了。然而，那个在轮椅上拼命鼓掌的穿红衣服的女子塔比雅，却被我深深记住了。隔着万水千山，电视机前的我，却分明清晰地听到了她自信、热情的掌声，听到了一种生命从容淡定的声音。

我们每一个人都在找寻自己的归属感，我们每一个人都有追寻幸福与平等的权利。就像塔比亚，虽然身体残疾，但是她觉得自己和其他人是一样的。

此心安处是吾乡

叶浅韵

昔我往矣，杨柳依依；今我来思，雨雪霏霏。

——《诗经·小雅》

每一方山水都有自己独特的走势，依偎在这种地脉中长大的人也就有自己独特的禀赋。在同一方山水中孕育出来的人们除了血脉相连的亲情，一定还有许多剪不断的乡情。而这些情怀，只有远离故乡才有被检阅的机会。

我在离故乡不远的小城里居住，我的存在，成了故乡的人从村庄通往城市的一个驿站，更或许是一个桥梁。无论是孩子上学、老人看病，还是借钱、购物、托人办事。因为有我，他们就觉得与这个城市的关系不至那么陌生。尽管有时我显得那么力不从心。

因为他们一直对我寄予着的种种希望，有时，我就特别害怕自己对不住故乡的山水，所以一直保持手机昼夜开通的习惯。我曾在深夜的电话里听到鸡鸣狗叫的声音，及时知道村庄失火的消息，用最快的速度把车开到家里，与父老们一起面对着可怕的灾难。以至我对一些信息有了免疫的能力。陌生的号码打进来，早晨的电话，深夜的电话，我保持着高度的敏感。那一定不是让我难过就是让我耗费精力的事情。

这些年，我习惯了。习惯了把自己当成一头耕牛，艰难地行走在故乡贫瘠的土地上。

我知道自己只是不小心成了游离在故乡怀抱的人。故乡的山水草木，故乡的亲人邻里，就成了梦里别样的画卷。

在男人们忙着寻根问底时，女人对于故乡的概念像一根水草，根基不稳地守望着故乡。当我在祖先的墓碑上看清自己的来路时，我却成了不能走在这条路上的人。即使后来我坚定地走向一座桥,我也必须不时地回望着那条路。

在异乡的时间长了,就如寄生在某种植物身上的另一种植物,自然或是不自然地生长在一起。一旦有朝一日回到自己的故乡,匆匆几日,又逃离了故乡的怀抱。仿佛故乡只适合存在梦境里。

可以割裂故乡的景物,而对于故乡的人,无论我梦着还是醒着,几个数字之后的铃声,再一辆从故乡通向城市的班车,我的全身就必须投进故乡的怀抱。

明知道有些债从借出的那一天开始就知道它打了水漂,有些人明明就是落井下石的小人。而心中留存的那份情,却容不得我拒绝。我忍不住要伸出手去,不,我恨我不能长出千手。

丈夫取笑我说,我不是强大的美利坚合众国,却要充当世界警察。也不是千手观音,救不了人间苦难,更不是玛莉娅、特雷莎修女。其实,我知道我是那么渺小,常在心力不足之间抱愧不止。而我却拒绝不了,忍受不得。

在疲惫乏累的夜里,梦是一片沉睡的海平面。这时,我忘记了故乡的一切。我梦见清澈的小溪,静静地、轻轻地淙淙向前行走着。醒来,想起苏轼的那首词:"试问岭南应不好?却道:此心安处是吾乡。"

我不知道在明天,那片山水之间生存着的人,他们会给我喜讯还是悲伤。但我知道我永远无法割舍与故乡连接的那条线,即使在闭上双眼时,我成不了故乡山水的一部分,我的灵魂也一直行走在故乡的土地上。

故乡的一切都映在我的脑海里,那停滞的云,流动的风,故乡的一草一木,都是我永恒的记忆。总是在梦里,看到自己走在归乡路上,你站在夕阳下容颜娇艳……

逃票的男孩

夏丹

不得乎亲，不可以为人；不顺乎亲，不可以为子。

——孟子

我所在的城市，依旧还保留着可敞窗外望的绿皮车。

当我第一天值班时我就知道这个硬挤上车，衣衫褴褛的小男孩，一定没有买票。可当我跟随列车长经过一列列车厢检票时，竟然没有看到他的身影。我心里顿时有些恍惚，很想知道这个孩子此刻身在何处。

半小时后，我提着长长的扫帚清理走道。路至一半时，忽然从座位下蹦出一个活物。我定睛一看，这不就是那个消失了的小男孩吗？

我正欲讯问他，他倒抢先说话了："叔叔，我没买票，我没钱。要不这样吧，我帮你清理走道，拖地，你不要检我的票了，好吗？你放心，我一定不会给你添麻烦。要是有人查票，我就躲到下面，不让你为难，好吗？"

说实话，在没有踏入这个行列之前，我心想，我绝对不会徇私。只要是在我的车厢，不管是谁无票乘车，我都会把他赶下去。可在那一刻，我却被他的真诚打动了。

我没说话，背着手走了。他说了声谢谢，便在我身后呼哧呼哧地干了起来。

后来，我发现他每个周末都会来搭车。他很怕见到我，总是在人群中躲闪，等到一有时机，便倏然消失在我的视线里了。

小站的检查并不严格，因此，导致中秋前夕有人携带鞭炮上车。当通红的烟头被扔弃到座位下面，烧通装有一大串鞭炮的口袋时，小男孩如狼狈的家犬瞬时腾越而出。

噼里啪啦的鞭炮声吓坏了车厢里的所有乘客。少女的尖叫，男人的怒吼，婴孩的惊啼，乱作一团。

我恍然蒙了。要知道发生这样的事故，倘若燃烧起座垫等物品，就算不伤到人，也意味着我将终生下岗。

小男孩脱下破旧的外套，双手撑开，以肚皮为后盾，重重地朝那串跳跃的鞭炮压去。

黝黑的肚皮下，一阵阵沉闷的声响，让我揪心。因为他的勇敢与善良，车厢里迅速恢复了平静。

我把他叫到我的办公室，想当面好好谢谢他。

我拉着他的手问："孩子，你为什么不坐汽车呢？这样，就方便多了。"

他苦笑道："叔叔，我坐过，但是不买票的话，司机一定会把我扔下来的。火车不一样啊，即便我没钱买票，只要上了车，就不用担心有人赶我。出站，我可以顺着铁道走，直到看见一条灰黄土路，穿过它，就是我家了。"

"你为什么不买票呢？到你每次所下的站，只用两块钱啊！"片刻之后，我问了这个让我迷惑许久的问题。

他扳着手指在我眼前，边晃边说："叔叔你看啊，我妈妈起早割一背猪草大概可以卖七毛钱，两块钱的票，大约需要三背猪草。一背草至少得半个小时，三背的话……"

对数字一向反应迟钝的我，这次竟被数字给感动了。

之后，我再没检过那个小男孩的车票。即便是列车长前来，我也会让他安安稳稳地躺在我的办公室里睡觉。因为我觉得检出一张完整的车票，远远不如检出一位乘客的善良之心重要。

世间有了伟大的母爱，必然会有另一种爱出来与之回应，那就是孝心。百善孝为先，一个孝顺的人，一定是大爱的人，不论现在的生活如何贫瘠，他总归会在某一天坚强并好起来！

不要让孩子有“背叛感”

唐月姣

世界上没有才能的人是没有的。问题在于教育者要去发现每一位学生的禀赋、兴趣、爱好和特长，为他们的表现和发展提供充分的条件和正确引导。

——苏霍姆林斯基

在孩子的成长过程中，教育培养孩子拥有健全的人格最重要。而这其中，最重要的一点就是不能让孩子有“背叛感”。

她有一儿一女。前些时间，孩子们要从上海转到北京去上学。到了北京，她却发现孩子们挺不高兴的，最初她以为孩子是对陌生的环境不太适应，过一段时间就好了。可并非这样，几个月过去了，孩子们依然郁郁寡欢。这是为什么？

一天，她突然想到自己曾看过的有关教育孩子心理学方面的内容，其中有对搬家后孩子心理的阐述。她终于明白孩子为什么不高兴了，原来孩子是认为自己把在上海的同学和老师给忘了。“有了新朋友，忘了老朋友”，这不是让孩子有一种对老朋友的“背叛感”吗？有背叛感就会产生负罪感，这可不是一件小事情！

于是，她主动帮孩子们搜集整理上海同学和老师的通讯录以及 QQ 号等。从此，孩子们就可以与上海的同学和老师保持经常的联系了。一旦回到上海，孩子们还会与老师、同学见面聚会。就这样，过去的那些“快乐小精灵”又回到了孩子们的中间。

不让孩子们有“背叛感”，其实最关键的就是不让孩子们有违背自己意愿的感觉。

作为母亲，她也希望孩子们能多一些艺术熏陶，也曾经让儿子和女儿一起学钢琴。可是让她不曾想到的是，同一个家里，儿子和女儿的情况就大不一样。儿子学了不到一年就不愿意学了。女儿却丝毫不受哥哥的影响，更是不需要人督促，总是主动去弹去练习，有时倒是她怕女儿累了，让女儿休息一下，女儿却不干。她说，不要将父母的想法强加到孩子的身上，不必在意孩子的选择是否和自己一致，太刻意的父母在孩子的教育上往往会适得其反。

孩子大都具有好动、好玩的天性，她的办法就是将其转化成运动的动力。她虽然不擅长体育运动，可为了孩子，她主动去学。在掌握了相关体育项目的要领之后，每个星期她至少两次带着孩子们去体育馆，她和孩子们一起滑冰、打球、游泳……而且，在孩子 8 岁之前，她还带着他们游历了 15 个以上的国家和地区。这样，孩子既在运动中锻炼了身体，也增长了见识扩大了视野。

也许有人认为她的经济条件好，这些是一般人所学不来的，可是她从不让孩子上收费颇高条件很好的“贵族学校”。她说，自己这样做，是出于一种“私心”，就是要让孩子能接触到最真实的生活，生活在最接近社会现实的环境中。这样，对孩子才是真实可靠和有益的。

她从来不要孩子们上补习班，一旦有时间就让孩子们在家练习中国书法和中文写作。她的想法是：中文比英文等外语难学，假如孩子一旦大了，出国了，这个时候再去学中文，已没有了一个中文书法和写作的环境，要学好中文也就很困难了。因此，孩子小时候需要重点补充的课程不是奥数，不是英语，恰恰是被许多父母忽视的中文。而她的这些想法，是建立在一个原则之上，即无论孩子今后到了哪里，做什么，他们是中国人这一点是绝对不能变的，必须让中国民族文化渗透进孩子的血液里……

而所有这些，无不皆是满足孩子潜在的深层次的意愿，不让孩子在日后留下遗憾。

她相信人人都有从善的意愿，因此，她更是注意发挥孩子的这一天性，培养孩子拥有慈善的情怀。她的工作有许多种，但只要是与慈善事业有关，回到家中后，她就会详细地向孩子们“汇报”，告诉孩子慈善的意义，让孩子们也为妈妈做的事情骄傲。她更是带着孩子们去不断实践，比如，她带着孩子们去公园卖动画玩具，卖气球等，然后让孩子将自己挣来的钱捐给灾区。她还带着孩子到福利院，为老爷爷老奶奶们扫地、叠被子……做一些力所能及的事情。

她还认为培养孩子的幽默感不可或缺。她说，这样除了有利于孩子的身心健康外，更是能以快乐的心情去感染人，让那些心情苦闷的人也能开怀一笑。为此，在家时，只要孩子们说了什么好玩的幽默的话，她总会不失时机地哈哈大笑。后来她发现，和孩子们一起看卡通书和卡通片，对于培养孩子的幽默感可以收到事半功倍的效果。因为大家在笑作一团时，语言自然会变得更机敏，反过来，人也就变得更幽默。

这位母亲就是杨澜。

不让孩子有“背叛感”，就是要发掘孩子的潜能，让孩子对世界充满爱心，包括要爱祖国，不忘记任何一个对自己有过直接或间接帮助的人。爱是基石，有了爱心，孩子健全的人格大厦才会在我们面前巍然耸立……

对于下一代的教育始终是国家、群体、个体不能松懈的任务。孩子的未来，就是祖国的未来。

慢慢起飞

简宽

只有顺从自然，才能驾驭自然。

——培根

下班后的乔尔喜欢来河边散一会儿心。河边的一切，对于乔尔，都永远是新鲜的：芦荡、夕阳、云霞、山影、野鸭、天鹅……乔尔迷恋上郊外这空旷、恬静的景致，他喜欢看天鹅在黄昏的河中舞蹈，喜欢看清亮的小河静静地流向天际。

他沿着河流的方向走着，突然，不远处那长满芦苇和纸莎草的河滩中，传来了一阵尖鸣，是野鸭，野鸭在叫喊！顺着声音的方向，他赶紧跑了过去。在巢穴的附近，乔尔急得气喘吁吁，他环顾着眼前的战场，愤怒的泪水顺着脸颊直淌。巢穴破坏了，蛋壳扔得到处都是。左边的芦苇中躺着一只死去的野鸭，根据尺寸，他猜想它是雄的，它的脖颈显然被扭坏了。他猜想一定是狐狸干的。前几天他在这里看见过一只小狐狸。

天渐渐地变暗，他搜索着。在巢穴的不远处，他又发现了一只野鸭，颤巍巍地蹲在草丛中，它的头部受了伤，左翅上有个洞，血水轻轻地溢出。它惊恐极了，整身的毛羽都在发抖。

乔尔轻轻地拨开芦苇，走了过去，正要捧起它时，野鸭猛地将身子往下缩，他往它的身下一瞧，蛋！野鸭蛋！乔尔激动地叫出声来。它用身体，紧护着一巢待出世的“孩子”！然后抬起血迹斑斑的头，瞅着乔尔。它是它们的母亲，准没错！

“我要尽力救助它们！”乔尔自言自语地说。他脱下了外套，将母鸭产下的蛋轻轻包裹起来。

那晚,乔尔驾着车带着母鸭回来。乔尔找来一条旧毯子、一捆枯草,在办公室二楼杂物间的窗台上,为母鸭重新搭了窝。

母鸭活下来了,在它坚韧的生命力下开始能站起来,但它伤痕累累,一只眼睛瞎了,翼伤逐步愈合。每天,乔尔都会用水和各种食物来喂它,甚至到河边抓一些小鱼和蚯蚓,但它吃得很少。它对新的家或许还不适应,它的心里一定很悲痛。乔尔常默默地看着它。

母鸭渐渐好了。它在阳台上开始站起身来,昂着头用一只眼调整视线。几周后,翼伤好了,它常试着去拍打几下翅膀,但有点别扭,乔尔静静地看着,他心里希望它能飞起来。

几天后的一个夜晚,乔尔在办公室突然听到楼上的阳台发出了啁啾声。他赶忙上楼,推开门一看,他愣住了,母鸭站在窗台上抖着双翅,它轻声地叫着,原来,它的“孩子们”出世了,共有十只。它一定乐坏了!它站在窗台上转了几圈,不时地斜着头朝着乔尔看了看。乔尔欣喜若狂,赶紧为它们拿来一些米饭和水,鸭妈妈一点也不客气,带着小鸭子们吃了起来。乔尔回到了办公室,脑海里登时闪过发生在河边的那幕,可怜的鸭子,差点成了狐狸的口中之物。他伤心极了!现在,他为它们安了一个安安稳稳的家了。这样想着,乔尔的嘴角露出了一丝欣慰的笑。

然而第二天所发生的事情却令乔尔极为震惊。这天,乔尔在路过办公楼底下时,突然听到了楼上传出一阵“嘎嘎嘎”的叫声,抬头一望,他不禁吓了一跳,那鸭妈妈竟带着孩子们,来到二楼的阳台上,鸭妈妈张着翅膀,正在给孩子们示范着飞翔的动作。“它是要离开那个舒适的家?它们不被摔死,也会成为狐狸的美食的!”乔尔心急如焚地望着它们,不知所措。

可是,随着翅膀发出“噼啪”的声响,鸭妈妈纵身一跃,带头从阳台上跳了下来。此时,乔尔才缓过神来,他赶忙伸出手去,将它稳稳接住。随后,它的孩子们也学着妈妈的姿势,笨拙地抖了下小翅膀,一只,两只,三只,四只……它们纷纷地纵身跳下,乔尔捏着把汗,但还是眼疾手快地一只一只地将它们安全接住。

小鸭子们终于安全团聚了！乔尔松了口气。然而，让乔尔万没想到的是：它们在妈妈的引领下，居然昂着头，大大方方地朝前走去。乔尔急忙跑到了它们跟前，顺着马路，一路为鸭子们挡出了一条路来，小鸭子们在乔尔的帮助下，安全地穿过马路，一路快走。

到了郊外，鸭妈妈带着孩子们飞快地跃过一片草地，将乔尔甩在了后面，径直奔向河的方向。在绕过一片小树林后，远远就看到那明如玻璃的带子，像回到温馨的家似的，鸭子们见到澄澈的溪流，迫不及待地飞了过去。

此刻，乔尔突然看到跑在最前头的那只鸭妈妈，歪着头，左边的翅膀在草地上拖着，但它还是很使劲地用力调整着动作。它很坚强。乔尔站在远处，惊望岸边的那只母鸭：它的毛羽在与空气摩擦后，慢慢地起飞。虽然很笨拙，但是它安稳地落在了河心上。随后，后面的小鸭子也紧跟着跳进河中，它们发出的欢乐叫声，响彻旷野……

人类跟自然相比，总是非常渺小的。我们能做的就是尽量与之保持和谐的局面，不然，一旦大自然的报复降临，人类是无法抵挡的。

极致的安第斯蜂鸟

张云广

善良和谦虚是永远不应令人厌恶的两种品德。

——斯蒂文生

安第斯山脉纵贯南美洲的西部，南北绵延 8900 多公里，号称地球上最长的山脉。

和世界上许多高山一样，安第斯山脉的不少地方环境恶劣，特别是高海拔的地区，那里不仅空气稀薄，而且由于稀薄的空气很难留住白昼太阳辐射的热量，夜间温度会降到一个很低的值。每一种在这里“混”的动植物都要面临着很大的生存考验，比如，在山脉草地上生长的一种叫作普椰的凤梨科植物，比如，和普椰有着密切关系的安第斯蜂鸟。

普椰的寿命可达数年之久，在普椰行将枯萎之前，它会释放几年来植株内积聚的生命活力怒放出花冠高达五米的大型花朵，以此来为下一轮的荣枯做准备。

普椰的花朵里有充满了极具诱惑力的花蜜，然而，由于这里海拔太高空气密度小，含氧量低，再加上气候寒冷，不仅身体单薄的飞虫无法振翅到达，就连一般的飞鸟也不能鼓翼而来。在这一生只有一次灿烂而宝贵的花期里，普椰等待的真正“靠谱”的传粉使者只有一个——安第斯蜂鸟。

于是，在白天准确捕获到花朵盛开信息的安第斯蜂鸟飞来了！

要知道，这种羽毛华美、形体可爱的小精灵已经在夜间靠以近乎冬眠的方式与滴水成冰式的无边酷寒进行了数个小时的抗争。它们靠降低自身新陈代谢的速度硬是把自己的体温由 38℃降到了 14℃。这种对环境的超级适应能力在鸟类中特别是对新陈代谢速度可达人的 50 倍的蜂鸟家族而言是十分神奇和罕见的。

值得一提的是，与其他地区和其他种类的蜂鸟采用的以消耗大量体力为代价的高频拍翅式的常规采蜜方法不同，安第斯蜂鸟练就了一项“绝活”，那就是可以攀附在普椰的花冠上采食花蜜。这一绝活无疑有效降低了能量的消耗，节约了“工作”的成本，从而大大提升了安第斯蜂鸟对高寒环境的适应能力。

就是这样，凭着特别能抗寒、特别能飞行和“特别会采蜜”的高超本领，在蜜汁多多的普椰花冠上，安第斯蜂鸟“旁若无人”般尽情而安心地享用到了其他虫鸟难以得到的美味。

物竞天择，万物皆在“天”的挑选规则之下。安第斯蜂鸟的成功哲学启示我们，不要轻易地抱怨命运的不公，也不要动辄就慨叹竞争的激烈，如果自己的本事还没有像安第斯蜂鸟那样优秀到不可替代的话。

在自己的能力没有达到一定高度的时候，千万不要抱怨，只有不断锤炼自己，才会有成功的机会，不然最后吃亏的还是自己。自不量力，只会自取灭亡。

兔子的论文

庞启帆

智慧是命运的征服者。

——外纳

这天早上，兔子在森林里溜达时碰到了他的死对头狐狸。“哈哈，这次终于让我逮着你了。”说完，狐狸朝着兔子扑了过去。

兔子闪到一边，笑嘻嘻地说道：“狐狸先生，我正在写一篇《论兔子比狐狸强》的论文，你不妨先跟我回去看看我写的是否有道理。”

“胡说八道！自古以来都是狐狸比兔子强。你不信吗？我现在马上证明给你看。”说完，狐狸张嘴就要去咬兔子。

“不用这么着急嘛！如果你看完我的论文后，觉得我是胡说八道，再吃我也不迟呀！”兔子镇定地道。

“好，量你也逃不出我的手掌心。就算你说得天花乱坠，事实上你也不可能强过我们狐狸。”狐狸笑道。然后，他就跟着兔子回家。从此，森林里再也没有动物看见过这只狐狸的身影。

又一天早上，兔子在森林里溜达时碰到了他的另一个死对头狼。“哈哈，小兔子，我正愁早餐没着落呢！”说完，狼张开了他的血盆大口。

“等等，等等！”兔子镇定地说道，“狼先生，我正在写一篇《论兔子比狼强》的论文，我想让你先跟我回去看看我写的是否有道理。”

“放屁！谁不知道狼比兔子强！我无须看你的狗屁论文。现在我就证明给你看！”说完，狼朝着兔子扑了上去。

兔子闪到一边，笑嘻嘻地说道：“狼先生，如果你觉得我的论文是在胡说八道，再吃我也不迟呀！反正在你眼里，我是逃不出你的手掌心的。”

狼哈哈大笑，说道：“好，我就让你多活几分钟。我倒要看看你怎么颠倒是非。”然后，他就跟着兔子回家。从此，森林里再也没有动物见过这只狼的身影。

某一天，一只青蛙无意中闯进了兔子的家。他看到了这一幕：一头狮子正趴在兔子的房间里呼呼大睡，狮子的两边各有一堆白骨。在狮子的旁边有一张桌子，桌子上有一台电脑。兔子正坐在电脑前写论文，论文的题目是《论兔子比狐狸和狼强》。

各位，明白了吧？论文的题目是什么并不重要，重要的是你的导师是谁。

这实在是一种高明的生存手段，正所谓互相合作才能实现双赢。可是，这是不是也反映了社会竞争的残酷性呢？

世界上最丑的小猫

庞启帆

不害怕痛苦的人是坚强的，不害怕死亡的人更坚强。

——迪亚娜夫人

第一次见到斯沃奇的时候，它正在大火中。那时我和我的三个孩子到小镇外的垃圾场去倾倒一周的生活垃圾。当我们靠近垃圾坑时，我们听见旁边浓烟滚滚的砾石堆里传来一声声猫的惨叫。

突然，一只被铁丝捆住的，正在燃烧的巨大的硬板纸箱爆炸了。爆炸声夹着尖利的猫叫，我们看见一只小猫火箭般“嗖”地窜向空中，然后“叭”地落在已经烧成灰烬的垃圾坑里。

“妈咪，救救它！”3岁的杰米喊道，她和6岁的贝基探头看着还在冒烟的垃圾坑。“它不可能还活着。”16岁的斯科特说。然而灰烬在动，烧得面目全非的小猫奇迹般地站了起来，再挣扎着爬上地面，向我们爬过来。“好吧，我们带它回家！”说着，斯科特蹲下身，用我的大手帕把小猫包裹起来。我很奇怪为什么它对于这增加的痛苦没有喊叫。也许它没力气再叫了。

回到我们的农场，我们就赶紧救治这只小猫。这时，我的丈夫比尔拖着一身疲惫回来了，他一整天都忙着修

整栅栏。

“爸爸，我们救回了一只被烧伤的小猫。”杰米说道。看到我们的新“客人”，他脸上立刻出现了那种熟悉的“噢，不，再也不要”的表情。我们把受伤的动物带回家已经不是第一次了。尽管比尔不高兴，但他还是不忍心看着可怜的动物受苦。因而，他总是帮助我们，为我们带回来的臭鼬、野兔和小鸟做一些笼子、栖木和夹板。但是，这次不同以往，这次带回的是一只猫。比尔一点都不喜欢猫。

况且，这不是一般的猫，它的皮毛都没有了，全身都是水疱或者黑乎乎的黏连的东西。它的耳朵没了，尾巴烧得只剩骨头。抓捕老鼠时迅雷般出击的利爪没有了，将会在我们车上留下“泄密”脚印的肉掌也没有了。除了那两只大大的钻蓝色的眼睛之外，身上没有什么幸存的地方使它看上去像一只猫了。那双眼睛在祈求帮助，我们能做些什么呢?

忽然我想起了种在院子里的芦荟，听人说它具有治疗烧伤的功效。我赶紧到院子里剥下几片芦荟叶子，把充满黏液的芦荟用纱布包裹在小猫身上，并把它放进了杰米的复活节篮子里。做好这一切，整只小猫只剩下了一张小脸露在外面，就像一只破茧而出的蝴蝶。

它的舌头也严重烧伤，嘴里满是水泡，根本不能舔食食物。我们只好用眼药水瓶喂它牛奶和水。几天后，它可以自己进食了。我们把它起名为“斯沃奇”。

三周之后，我们种植的芦荟叶用完了，我们就给斯沃奇涂药膏。它的尾巴脱落了，全身一根毛也没留下。但我和孩子们都很喜欢它。

比尔不喜欢斯沃奇，而斯沃奇也讨厌比尔。原因是比尔吸烟。当他用打火机点燃香烟时，斯沃奇总是十分惊恐，在碰翻了杯子和台灯之后，一溜烟跑到了空闲的房间里通风口的地方。这时，比尔就会叹气道:“难道我就不能有一个安宁的地方吗？”

一段时间后，斯沃奇的忍耐力增强了。比尔吞云吐雾的时候，它躺在沙发上看着他。一天,比尔对我吃吃地笑着说:“讨厌的小猫让我觉得自己像是做错了事。”

斯沃奇的身体逐渐好转,它在姑娘们面前表现出的耐心让我们感到惊讶。我的女儿除下洋娃娃的衣服和帽子打扮小猫,这样“失去耳朵”的缺陷就看不出了。然后她们把它抱到镜子前,让它看看自己是“多么漂亮”。

斯沃奇快满一岁的时候,看上去就像一只缝补过的旧手套。斯科特在朋友中间可出了名,因为它拥有一只在村子里,也许是在这个世界上最丑陋的猫。

斯沃奇渴望到户外玩耍,外面鸟儿、小鸡和花栗鼠的叽叽喳喳声吸引着它。每当给户外的动物们,如墨西哥狼、临时救来的臭鼬、各种蜥蜴喂食的时候,斯沃奇就蹲坐在窗台上,鼻子紧贴在玻璃窗上,出神地望着窗外。然而它最想接近的却是那些保护谷仓的家猫。但自从它失去了爪子的保护以后,我们不能在没人看护的情况下放它到户外。

偶尔,周围没有其他动物的时候,我们也会带斯沃奇到走廊走走。如果幸运的话,一只意想不到的金甲虫会误入走廊,从水泥地上爬过。这时斯沃奇会慢慢靠近,然后时而拍打小虫,时而把它踢来踢去,直到小虫四脚朝天翻躺过来为止。这时你会希望,小虫在被斯沃奇吃掉之前已被吓死了。

慢慢地,比尔成了斯沃奇最关心的人,这让我们全家都很奇怪。而且不久之后,我注意到了比尔的变化,那就是他很少在屋里面吸烟了。一个冬日的晚上,我看到了意外的一幕:比尔正坐在火炉前烤火,而斯沃奇竟蜷缩在他的膝盖上。我还未开口,比尔尴尬地说道:“它可能怕冷。你知道,它没毛了。”但是,我记得斯沃奇喜欢冰凉的地方。它总是睡在通风口前面或者在冰凉的砖地上面。也许比尔开始有点儿喜欢这只怪模怪样的小动物了。

但并非每个人都可以感受到我们对斯沃奇的感情,特别是那些从未见过斯沃奇的人。有谣言传到一群自封为动物保护者的耳中,于是有一天,他们其中一人找上门来。

“我们接到许多电话和信，”那个女人说，“所有这些热心的人们都在关心您家里一只可怜的烧伤的小猫。他们说，”说到这里，她放低了声音，“它在受苦。也许它应该从痛苦中被解救出来。”

我立刻生气了。比尔更是火冒三丈。“它是被烧伤的，没错。”他说，“但是您怎么知道它现在在受苦呢？请注意您的用词。”

“过来猫咪。”我喊道，却不见斯沃奇。“它可能藏起来了。”我说，但我们的客人却不出声。我转身看到她的时候，她的脸色灰白，嘴巴张开，手指指着一个方向。

我顺着她手指的方向看去，只见浑身无毛的斯沃奇藏在150加仑的鱼缸后面，它的个头似乎被放大了十倍，双目怒视来访者。样子让人望而生畏。透过这片绿色的水中迷宫，斯沃奇就像一头霸气十足的暴龙斜视着这位女士，它已不再是这位女士想象中的那只“烧伤的、痛苦的、可怜的小猫”。斯沃奇张开嘴巴，露出长剑似的牙齿，在灯光下，这牙齿令人生畏地闪着光。很快，这位女士告辞了。出门时，她的脸上已露出微笑，微笑中透出一份尴尬，但更多的是如释重负。

斯沃奇两岁那年，一件不可思议的事情发生了。它开始长出软毛来，是那种白色的小绒毛，比小鸡身上的绒毛还要软，还要好看。绒毛逐渐长到了3英寸多长，这使我们丑陋的小猫好像变成了烟雾般的一个小毛团。

比尔继续享受着斯沃奇的陪伴，尽管二者是那么的不协调——一个是饱经风霜的农场主，驾车四处奔忙，嘴里叼着一个并未点燃的烟斗，而陪伴其左右的却是一只毛茸茸的白色小生灵。比尔带斯沃奇驾车出去巡视牲畜时，为了斯沃奇舒服一点，总是为它开着空调。

斯沃奇三岁时，有一天比尔带着它一起去寻找失踪的小牛。找了几个小时之后，比尔下车去查看，车门没有关。牧场很干燥，草儿都已经干枯。一场暴风雨就要来临，还没找到小牛。比尔感到泄气了，随即不假思索地从口袋拿出打火机，旋动火轮打火。一点火星溅到了地上，几秒钟之后干草就燃烧起来了。

惊慌失措中，比尔把小猫抛在了脑后。后来火势控制住了，小牛也找到了，但比尔回到家后才想起小猫。“斯沃奇！”他急忙喊道。“它一定跳下车跑了！它回家了没有？”

没有。我们知道，在离家两英里远的地方它不可能找到回家的路的。更糟糕的是，这时外面已经大雨滂沱，我们根本无法出去寻找它。

比尔忧虑万分，不断地自责。我们知道斯沃奇无力对付那些掠食动物，第二天我们一整天都在寻找它。但是没有用。

两周之后，斯沃奇仍然没有回家。我们都绝望了，因为雨季已经来到，鹰、狼、野狗这些肉食动物要养家活口。

紧接着，一场 50 年来最强烈的暴风雨袭击了我们地区。清晨，洪水蔓延几英里，一些野生动物和家畜被洪水驱逐到较高的地面上。受惊的兔子、浣熊、松鼠和老鼠在等待着水退去。比尔和斯科特在深至膝盖的水中涉水而行，把叫个不停的小牛犊送到牛妈妈身边去，再把它们转到安全的地方。

我和女儿正目不转睛地望着这一切，突然杰米喊道：“爸爸，那边有只小兔子，你能救救它吗？”

比尔涉水走到那只动物趴着的地方，但当他伸手去救那个小家伙时，小家伙恐惧地往后退缩。“我不敢相信，”比尔喊道，“是斯沃奇！”这时他的嗓音变了：“小斯沃奇。”

当可怜的小猫爬上比尔的手掌时，我的鼻子一酸，眼泪忍不住流了出来。比尔把小猫颤抖的身体放在自己的胸口上，温柔地跟它说话，同时轻轻地擦去它脸上的泥巴。而小猫蓝汪汪的双眼一直注视着比尔的眼睛，眼里透出一种无言的理解。它已经原谅了他。

斯沃奇又回家了。在我们为它洗澡时，它所表现出的耐心令我们感到吃惊。我们喂它吃炒鸡蛋和冰淇淋，并且使我们高兴的是，它看上去恢复了健康。

但是，斯沃奇从未真正强壮起来。在它刚刚 4 岁时，一天早上，我们发现它软绵绵地躺在比尔的椅子里，它的心脏完全停止了跳动。

我们用比尔的一条红色大手帕包起它的身体，把它放进孩子们的鞋盒中，然后在后花园埋葬了它。当晚，我在日记中写道："斯沃奇教我们学会了信任、友爱，让我们懂得了面对不可能的逆境时也不要失去希望。它提醒我们，不是任何外在的事物，而是我们内心深处的某种东西起决定作用。"

这些正是斯沃奇至今仍然活在我心里的原因。对我来说，它永远是世界上最漂亮的小猫。

生命的本质是坚韧、执着、顽强、存活，最后传达的意义便是温暖。这是生命的作用，用自己来感化其他生命！

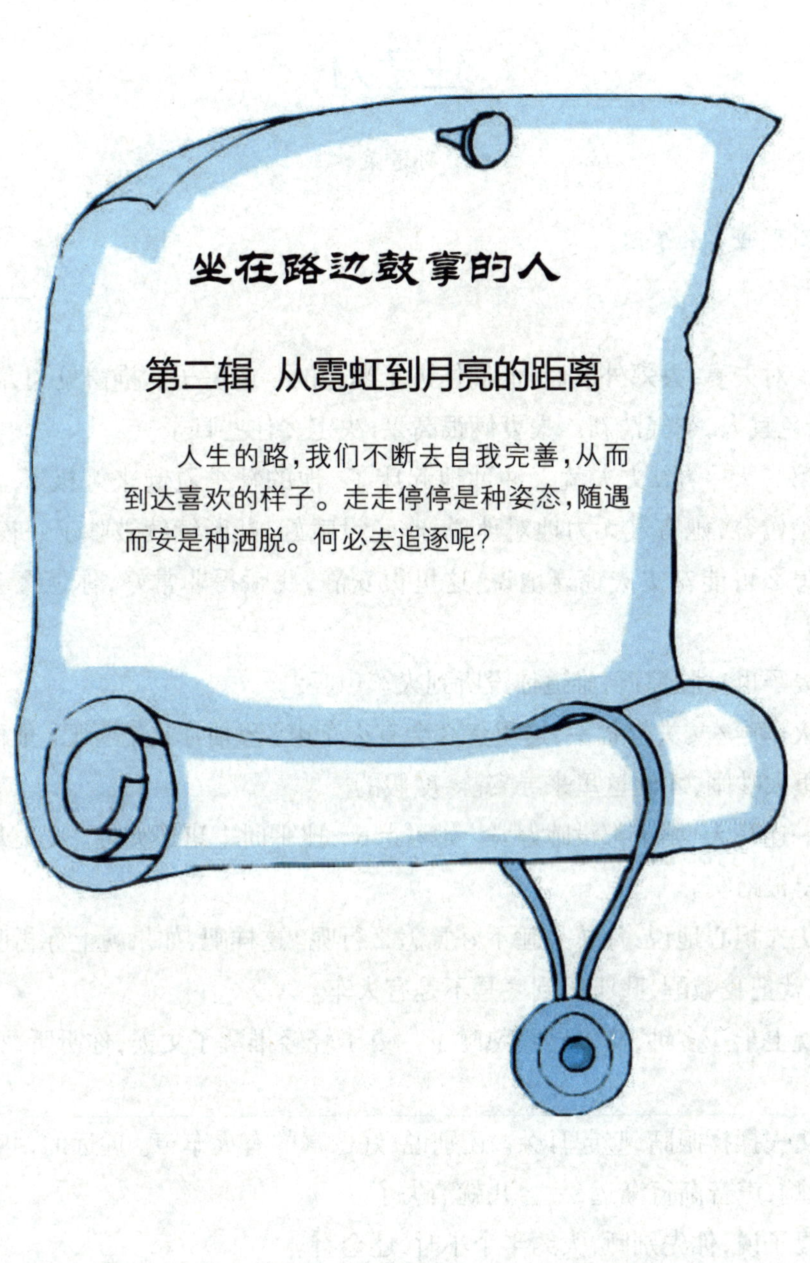

坐在路边鼓掌的人

第二辑 从霓虹到月亮的距离

人生的路，我们不断去自我完善，从而到达喜欢的样子。走走停停是种姿态，随遇而安是种洒脱。何必去追逐呢？

注意力

孙道荣

家园，世界的乐园。

——谚语

一对夫妻，去郊外度假，他们住进了湖边的一座房子。推窗见湖，湖水涟漪，景色宜人，空气清新。夫妻俩很高兴，决定多住些日子。

第二天一早，丈夫就兴冲冲地起床了，他的精神看起来好极了。妻子却一脸倦容，她有气无力地对他说，昨晚没睡好，断断续续被吵了一夜。

怎么可能？丈夫惊讶地说，这里很安静，我睡得非常好，你怎么会感觉吵呢？

妻子也一脸惊讶，难道你没听到火车声吗？

火车声？丈夫摇摇头，这里怎么会有火车声？恐怕你是幻听吧。他们就是嫌城里太吵闹，才到这里来寻安静，度假的。

一连几天，妻子都没睡好觉。她看起来，比平时上班还疲倦。丈夫却每晚都睡得很踏实。

丈夫担心地说，你总是睡不好觉怎么行呢？这样吧，如果晚上你再听到火车声，就把我喊醒，我听听到底是不是有火车。

晚上十一多钟，丈夫已经熟睡了。妻子轻轻推醒了丈夫，你听听，火车声来了。

丈夫揉揉眼睛，竖起耳朵。还别说，好像真的有火车声。远远的，“哐当哐当”地响，声音渐行渐远，一会儿就消失了。

妻子说，你先别睡，大约半个小时，还会有。

时间慢慢地流逝，周围安静极了，只有湖水轻轻拍打堤岸的声音。

半个小时左右，果然又响起了“哐当哐当”的声音，声音不大，就像远处的滚雷声。但是，如果你侧耳细听，似乎又能听得很清晰，甚至有点刺耳。

火车声再次消失了。

妻子无奈地叹了口气，半夜还会响两三次。

那一夜，丈夫和妻子一样，一次次听到了火车声，他也没睡好觉。

第二天，他们询问了管理人员，果然，在湖的对面，有一条铁路线经过，以前有客运，火车多些，现在全是货运了，只在晚上，有几趟货运列车经过。不过，离我们这有两三公里远，又隔着这么宽的湖面，对我们影响不大，如果不注意的话，根本听不见。管理人员笑着解释说，你们的听力真好，大部分的游客压根就没注意到对面有火车呢。

又到晚上了，妻子躺在床上睡不着，她在侧耳等待火车声经过。一向倒头就睡的丈夫也没睡着，他竖着耳朵，似乎在极力捕捉空气中细微的振动，那个害他的妻子总是睡不好觉的“哐当哐当”的火车声。

“哐当哐当”，轻微而激越的火车声穿过宽阔的湖面，准时响起。

多么刺耳啊！

他们再也忍受不了了。他们退了房间，逃回了城里。

其实，在他们城里的家，不远处，也有一条铁路线经过，但是，城里的嘈杂声彻底淹没了火车声。或者，是他们根本就没有注意过在众多的噪音中，还有一阵“哐当哐当”的火车声。

这是人类的过错吗？我想是的。喧嚣的环境，已经使人辨不清更为嘈杂的声音。是人改变了环境，还是环境改变了人？

从霓虹到月亮的距离

魏彩琼

谁要是不会爱，谁就不能理解生活。

——高尔基

去年的这个季节，我从窗外看去，远远地见一片桃花林，风一经过，落红乱舞，缤纷四起。我喜欢静静地看着窗外，对着那片桃林，设想着很多美妙的故事。如果说一朵桃花就是一个尘世里精致的女子，那里将是一个怎样曼妙的世界。臆想与桃花一起绽放、摇落，直到看到一片茂密的绿色。

又是在不经意的某个夜晚，我在办公楼加班，窗外一片霓虹闪烁，远处隐约传来歌声。那片小树林被黑色掩盖着，在光与影之间，它们模糊了。就在我关上墙壁上的灯准备回家时，几缕月光从窗外直射进来，桌子上一片皓然的白，我的心顿时静谧安然。一轮圆月正挂在广袤寂静的天空，向大地普洒着光华。我怔怔地站立着，享受着。

当我把目光投向那片桃林的时候，它们正沐浴在月光下，朦胧的美好把我引入新境。我在低眉之间搜寻着，究竟我有多久没有抬头看看月亮，数数星星了？一任时光蹉跎流逝，错过了人间多少美好的时刻。我一直沉醉在霓虹的世界里，忘却自然，抛弃天籁，以为繁华就是由无数闪烁的霓虹，不醉的歌舞组成。我以为只有向上攀登，保持一颗向上的心灵，我就能得到灵魂的安宁。在我貌似的幸福里，我安顿着疲惫，收藏着不安。只是一次乍现的月光，身与心之间的破绽就暴露无遗。

就在今年，一幢高楼在窗外拔地而起，挡住了我远眺的目光。当那一架机器伸出长手劳作的时候，我感觉它是一个多事的法海，刻意要拆散一段姻缘。我固执地想着那片桃林，认为花与月是同一类科，透过鲜花我就能抵达月亮。于是，我习惯了向窗外看，看外面的世界是如何喧嚣繁华，想四季的景物如何轮回。让心灵走近与逃离只在目光游移之间，并一直坚信，保持这种状态可以缩短从霓虹到月亮的距离。

我一路走着，想着。慢慢地知道从霓虹到月亮的距离，在物质的层面上，只是从一座座高楼的崛起开始，点点滴滴蓄势而成。从这个街区到达那个街区，水泥铸就的森林里只居住着霓虹歌舞。月光被遮住视线，即使是空气和水，也被掺上杂质。纯净只是一种被现代元素过滤了的东西，被人遗忘又被人狂热地想念。

而在精神的层面上，我只需要一个支点，一种理由，更或许只是一次不经意地翘首与低眉，一次心灵的感动和洗礼。我就能抵达月亮与花朵，让馨香弥漫，让意念丛生。

诚如在向前奔走的途中，我们拼命地想留住的，却一直是狠心地舍弃的。一直忽视的，偏偏是一直存在的。甚至是心中所鄙视的，都不明不白地存在于自己身边。或多或少，有增有减，哪一样都是拜生活所赐予。所幸我还肯低头，还想抬头。恰恰就在抬头与低头之间，霓虹到月亮的距离被缩短了。

那一日，樱花正繁茂，我站在树下迫不及待地与它们亲密着，又是一个抬头，月亮正挂在树梢。我的心惊喜成小鹿，脱口就唱出那一句“透过开满鲜花的月亮，依稀见到你的模样”。从前，我一直认为原创作者是在拉郎配，居然要把两种美好硬生生的拼凑在一起。当我蓦然与一首歌的距离拉近时，我又发现我与月亮的距离近了。

回过头来，正看见游乐场里辉煌的灯火，尖叫声，欢呼声冲撞而人。我冒失地跌进霓虹里，小侄女吵嚷着要去坐太空飞椅。她以飞翔的姿式欢笑着，把快乐从高高的地方传递下来。我的目光一直向上看，向上看。忽然，月亮与霓虹重叠在一起，它们亲密得像姐妹。我一直刻意要缩短的距离，顷刻间消灭了。

我像一个在太阳下追赶着自己影子奔跑的人，无论我跑得再快也追不上。当我累得停下来的时候，影子也停下了。我才知道自己的愚蠢。

我在一幢幢高楼前与霓虹亲密，我享受了世界的繁华。我在高楼的转角处约会那片桃林，我享受了心底的繁华。在月晴的日子，我打开轩窗，让月亮跌落在一杯酒中。又是什么样的距离不是我可以抵达的彼岸呢？

人生的路，我们不断去自我完善，从而到达喜欢的样子。走走停停是种姿态，随遇而安是种洒脱。何必去追逐呢？

左右为难

唐仔

人们常常将自己周围的环境当作一种免费的商品，任意地糟蹋而不知加以珍惜。

——甘哈曼

对一座房子来说，门是必需的，也是现实的。窗户则不同，它是可有可无的，是点缀，是装饰，因而也是浪漫的。法国作家缪塞的诗剧《少女做的是什么梦》里有句妙语，大意是父亲开了门，请进了物质上的丈夫，但是理想的爱人，总是从窗户进出的。

17 世纪末，英国曾向民众征收窗户税，谁家的房子窗户越多，所要交的税负也就越重。很多人家不堪重税，索性将一扇扇窗户封上，堵起来。于是，炫富变得很简单，只要在自家临街的墙上，多开几扇窗户就可以了。比脖子上挂一条粗重的金链子文艺多了。

用得最多的一个比喻是，眼睛是心灵的窗户。眼睛之一睁一闭，与窗户之一开一关何其相似！

窗户的状态只有两种，开着，或关着。但是，到底是开着，还是关上，如今却让人有点左右为难。

小孩说，关窗。窗户开着，人会不小心掉下去的。每年，总会有一些粗心的家长因为忘记关家里的窗户，致使孩子翻窗坠楼的悲剧。

小偷暗自祈祷,开窗吧。窗户开着,既方便了“理想的爱人”,也方便了小偷,有一半以上的小偷,是翻窗入室的。

老婆说,太闷了,缺氧,开窗吧。老公说,还是关上窗户吧,楼下的老太太们,又在跳广场舞了。

专家说,开窗吧,不然,房间内的甲醛,会让你们中毒的。

另一个专家说,不!赶紧关上窗户,不然,雾霾飘进来了,你们的肺,很快就会被熏黑的。

开窗?关窗?我站在窗前,呼吸局促,左右为难。

生存空间不断被压榨,真是到了进退两难的境地了。

稻草与大树

李兴海

信念是鸟，它在黎明仍然黑暗之际，感觉到了光明，唱出了歌。

——泰戈尔

我与你一样，时刻在想，如何向后一辈的人阐述信念的重要性，以及信念为何物。当我在公共场合有意传达这类思想时，旁人经常会讪讪地问我："信念能吃吗？能填饱肚子吗？"

信念如梦想一般，纯属虚无之物，缥缈至极。没人能说出信念的形貌，体态，或者是年龄。它与我们不仅仅是天涯之隔，阴阳相离。甚至可以说，它从始至终就没有在人类历史的长河中显现过。

那么，我何以要推崇并且宣扬它呢？原因很简单，它对所有存活于世间的生物都有着不可言喻的功用。

很多人问过我，有什么功用？难不成能把所有的人都变成比尔·盖茨，变成爱因斯坦？当然不能，信念本身需要生命作为载体，而每一个生命所具有的天性都存有细微的差别。因此，注定会创造不同的历史，取得不同的成就。

很久以前，我手底下有过一个异

常调皮，又极具文学天赋的孩子。我每日闲暇时必会催促他，专心攻于写作。可他不爱遵从我的吩咐，他说，文字是在心中，并非跃于纸上。可我知道他仅仅只是懒于动手提笔。

他和很多人一样，而这类人什么年龄段的都有。自己本身心存希冀，尚有鸿鹄大志，却不甘脚踏实地，为此志就地挥汗。于是，时日一长，所见收效甚微，胸中大志便成了小志，最后，全然无志。无志不说，还好提“当年勇”。

大怒之时，我曾骂过他，心中毫无半点信念。他如旁人一般问我：“何为信念？你能指给我看吗？”

我领着他，穿过城市的车水马龙，来到秋日的田野上。

弯腰割稻的辛勤劳动者与金黄的果实构成了一幅绝美的画面。我步入田野之中，随手捡起一根稻草，放到他的手里，让他开怀抱住这根稻草，并做一个双脚离地的动作给我看。

他见我异常严肃，便一声不吭地抱住那根如筷子般粗细的稻草，试图双脚离地。可这样的事，终究是不会成功的。最后，他一脸委屈地说：“我做不到。”

路旁，一棵茂盛的大树正迎风招展。我指着壮实的树干对他说，你抱着它，并做一个双交离地的动作给我看。

他欣喜地双手抱树，一跃而起，双脚离地蹬于树干之上，“噌噌”几下爬了上去。然后站在高高的树枝上冲着我笑，像是在炫耀他的技艺。

我问他，上面的景色美吗？他对着一望无垠的田野远眺几次后大声地告诉我，美！美极了！

我令他下树之后，拍拍他的肩膀道：“你刚才所抱的两种东西，就是我平日所说的信念。”他不解地看着我。

“信念虽是虚无之物，可你却能拥抱，或是依靠着它来行路。只有当某一日你心生绝望，或是豁然开朗时你才会明白它就在你身旁。也许，它是刚才那根弱不经风的稻草，任凭你如何努力，也无法与困境脱离。也许，它是面前的这棵大树，既能让你无畏风雨，又能让你站得更高。”

刚说完这些话，田野上就起了秋风。那些杂乱的稻草再次被席卷得狼狈不堪。不远处，一棵大树正立于狂风中，“哗哗”地朝空咆哮。

信念是黑暗中的光亮，信念让我们在极度困苦中找到自我，无论在多么艰难多么苦的环境中，只要我们坚定信念，就可以迎难而上。

百岁因书驻青春

钱灵芸

阅读使人充实，会谈使人敏捷，写作与笔记使人精确。史鉴使人明智，诗歌使人巧慧，数学使人精细，博物使人深沉，伦理使人庄重，逻辑与修辞使人善辩。

——培根

在你心中，一个100岁的老人应该是什么样子？目光呆滞？思维混乱？言语含混？头摇手颤？……

可是，当你看到100岁的叶曼女士坐在那里，不疾不徐地用清清亮亮的声音将深奥的《易经》深入浅出地娓娓道来时，你会恍然有时光停驻的感觉。

生于1914年的叶曼女士是当今世界极少能将儒家、道家、佛家文化融会贯通的国学大师之一，一生致力于经典国学及佛学的传承与传播。她坐在那里将精深的经典条分缕析，眼神温和而睿智，笑起来右腮还有一个小酒窝，优雅而纤秀。

100岁的叶曼女士，皮肤上竟然没有老人斑，白皙干净，脸上甚至连皱纹都很少，再加上缜密的思维和洋溢的活力，根本想不到她已是位百岁老人！

问及她吃了什么灵丹妙药而青春永驻，她温婉地笑了笑，给出的答案除了修习佛法、节制饮食之外，还有一个至关重要的原因就是读书。

叶曼女士出生于书香门第，从小与书为伴，此后漫长的一生，更是无日不读书。她认为，读书是世界上最便宜的事，一本书流传下来，往往是一个人一生的研究，一生的心血，用文字记录下来，而我们几天甚至几个小时便受用了其中的知识，多便宜，多值得！

晚年的叶曼女士，仍是读书不辍，读书，已成为她生命里不可或缺的部分，她觉得不读书比饥渴还难受十分。

她说："一个人，无论男女、老少，或是美丑，若想风采翩然，言语隽永，唯有读书。一个人三日不读书，便会面目可憎，言语无味了。"

无独有偶，另一位年逾百岁的老人，岁月的风尘依然难掩她的风华。她就是杨绛。她也是"爱书成痴"，自言，"一星期不看书，这一星期都白活了"。

多年以前，钱钟书曾对自己的妻子杨绛做了一个最高的评价："最贤的妻，最才的女。"就算俗话说"婆媳是天生的冤家"，但钱钟书的母亲也对这位媳妇是赞誉有加："笔杆摇得，锅铲握得，在家什么粗活都能干，真是上得厅堂，入得厨房，入水能游，出水能跳，钟书痴人痴福！"

1911年出生，如今已是103岁的杨绛，依然每日与书为伴，笔耕不辍，平静恬淡地生活着。

她住了30多年的老寓所，是几百户中唯一没有封闭阳台，也没有装修的。是因为没有钱装修吗？当然不是。对钱，她看得极淡极淡，钱钟书去世后，她将高达八百多万元的稿费和版费以一家三口的名义全部捐赠给母校清华大学，设立"好读书"奖学金。

而当有人问及不封闭阳台的原因，她淡淡地说："为了坐在屋里就能够看到一片蓝天。"

百岁高龄，在她身上，人们往往会忘掉时间的残酷。人们在她身上看到的不是沧桑，而是一种充满力量的恬淡之美。

杨绛在家排行老四，父亲是一位颇有名望的知识分子，喜爱读书。在父亲的影响下，杨绛也迷恋于书的世界。一日，父亲笑问她若三天不读书，如何？她答："不好过。"父亲再问："一星期不读呢？"她答："那一星期就白活了！"

杨绛如此迷恋于书的世界，从青丝到白头。与书相伴，书给予她智慧，也给予她泰山崩于前而色不变的沉静而强大的内心。

1994年,84岁的钱钟书因病住院,病得比较严重,一段时间内已不能进食,只能用管子鼻饲。当时杨绛自己也83岁了,为了让钟书得到更好的营养尽快恢复,她自己亲手细细地炖各种汤,做各种鸡鱼肉泥,再亲自送到医院。她说:“钟书病中,我只求比他多活一年。照顾人,男不如女,我尽力保养自己,力求夫在先,妻在后,错了次序就糟糕了。”

船漏偏遇打头风,就在高龄的杨绛一心一意辛苦照料丈夫的时候,突闻女儿钱瑗患肺癌住院!真如晴天霹雳当空炸响。但80多岁高龄的杨绛没有倒下,她一边照料丈夫,一边再跑大半个北京城去另一个医院照顾女儿。

女儿钱瑗熬了三年多,一千多个日日夜夜,终于还是于1997年因肺癌并发骨转移而离世,离世时只有60岁。一年后,病中的钟书难抵白发送黑发的痛楚,也随女儿而去。

她说:“死者如生,生者无愧。”钟书及女儿永远离开之后,她隐埋伤痛,每日照常读书, 同时着手整理丈夫留下多达7万页的手稿及各种中英文笔记。十多年里,出版 三 卷《容安馆札记》,二十卷《钱钟书手稿集 ·中文笔记》,178册《钱钟书手稿集·外文笔记》等。

与书又相伴了十多个春秋,她跨入了100岁的门槛,她说:“一个人经过不同程度的锤炼,就会获得不同程度的修养。好比香料,捣得愈碎,磨得愈细,香得愈浓烈。我们曾如此渴望命运的波澜,到最后才发现人生最曼妙的风景,竟是内心的淡定与从容。”

是的,我们常会有这样的体会,一个被墨香浸润的女士,她的心态平和善良,她的知识丰饶蕴藉,即使她年华逝去、满头银发,当她立于人群之中,我们也一眼就能看出她的美好与独特。

正如诺贝尔文学奖获得者爱丽丝·门罗,82岁了, 虽有白发和皱纹,然而,她微笑的时候,温婉如昔,在如刀岁月面前,依然知性美丽。

为什么读书的女人显得美丽而年轻,大抵是因为心有琴弦,纵然世事多劫，然而书中的知识赋予了她豁达的心胸和高尚的情趣，纵使她历尽万般红尘劫,犹如凉风轻拂面。

读书的女人,书就是她的化妆品。手捧一本好书,任岁月流走亦无惧,因为她知道:“墨能香我何需花,书亦雅我何需妆？”

读书使人美丽,使人变得饱满,整个灵魂都升华起来。大师的智慧,是源源不断地从书中汲取的精华。

谁解书中味

思想者

成大事不在于力量的大小，而在于能坚持多久。

——约翰生

古人读书是非常刻苦的。比如匡衡“凿壁偷光”、车胤“囊萤”、孙康“映雪”、孙敬“头悬梁”、苏秦“锥刺股”。对于古人的这种苦读的态度，有些人表示不理解，认为这样的读书榜样不宜效仿，还有不少作者在报刊上撰文说，“读书本应是一件快乐的事儿，而古人的这种苦读又何乐之有呢？”意思是说，古人读书时的内心体验一定不快乐，品尝不到读书的真正滋味。

其实，我以前也曾有过类似的看法，认为读书纯粹是个人的喜爱，何至于像古人那样，把头发系在屋梁上，或是用铁锥子刺大腿，强迫自己苦读呢？

后来，回顾我早年的读书经历，才意识到我这种看法是不对的。我们今人只是站在一个旁观者的角度来看古人，片面地以为古人读书很苦。其实，我们都理解错了，因为我们不是古人，又怎么知道古人读书时的体验是“苦”的呢？苦不苦也许只有古人自己知道吧。这就好比我们不是鱼，又怎知道鱼儿在水里快不快乐呢？或许只有鱼儿自己知道。

读书的过程看似很苦，其实这其中却蕴含甜蜜和快乐。这就像老百姓常说的一句话：“没有苦，哪有甜？”就拿笔者来说吧，在我 20 岁那年，怀着对生活的美好憧憬，进了一家钢铁厂当工人。为了将来能有一番作为，也为了用知识改变个人的命运，我常常把书揣在怀里，工余时就掏出来抓紧时间瞄上几眼。在冶炼的工作现场，在震耳欲聋的电炉的轰鸣声中，在烟雾缭绕的厂房里，我就躲在一个不被人注意的昏暗角落里，聚精会神地看书。在旁人看来，我在这么恶劣的环境里读书，内心的感受一定很苦。但我要说的是，当时的我无论干什么工作，也无论活儿有多累，只要有时间能让我看会儿书，我就会沉浸在阅读的快乐中。如果说读书一点儿也不感觉到苦，那是假话，但苦中有乐，苦后有甜。当我靠多年的自学获得了黑龙江大学颁发的自考文凭时，那种喜悦是不言而喻的。

读书的这种体验，让我想到了身边爱好打篮球的朋友。当我看见他们在篮球场上打比赛时，一个个累得气喘吁吁、大汗淋漓，有时还会意外受伤，就以为他们很苦。其实，我的判断是错的，他们告诉我，完全不像我想的那样，而是觉得打篮球很过瘾。

于是，我就想到，今人看古人苦读，和我看朋友打篮球，这二者是何其相像啊！然而，我们的想法却与他们的真实体验大相径庭，无论是读书还是打篮球，对于某些人来说，都是个人的爱好，而沉浸其中的人是不觉得苦的。

都云读者痴，谁解其中味？从我个人的读书体验来说，真正的读书人，都是因为爱好而读书，若想知道他们心中到底苦还是不苦，只要看一下他们读书时脸上露出的动人的微笑，就知道答案了。

热爱一件事物，投入一件事情，是不会累的。即使累，那也是身体上的体力不支，心情却是愉悦的。

当“面子”成为“里子”时

段奇清

做了好事受到指责而仍坚持下去，这才是奋斗者的本色。

——巴尔扎克

有人说她是位天才，而更多人看到的是她的勤奋。

大二的时候，南方大学文学院副院长、戏剧影视艺术系主任吕效平给每位学生布置了不同题目的作业，她布置给温方伊的是完成话剧剧本《蒋公的面子》。

吕效平老师告诉她，题目来源于南京大学中文系的一则逸事：1943 年，蒋介石初任中央大学校长，邀请三位知名教授共进年夜饭。最后吕老师说，这件事有可能发生，也可能没发生，但是你可以把无当作有来写。

然而，邀请的这三个教授只有两人有名字，他们是陈中凡、胡小石，也许是有所忌讳，说话人对另一位的名字有意作了模糊处理。连故事的主要人物的姓名都不全面，要把它写成一个完整的舞台剧本，困难可想而知。

温方伊没有退缩，她想到的是把“面子”变成“里子”，要沉下去，多做扎实的工作。故而她并不急于动笔，而是去搜寻到尽可能翔实的第一手资料。她上门请教吕效平教授，得知这则逸事是从她自己的“ 师爷”——南京大学文学院院长董健先生那儿听来的。温方伊便紧紧跟进，去了董院长那儿。

结果是没得到什么东西，吕效平教授只告诉她故事发生在 1943 年，董健先生既不知道时间，也不知道地点。不过，这让温方伊从难处看到了亮处，就是如此为创作提供了更大的空间。

空间越大，探索的步子也就越多。温方伊接下来找来了大量书籍进行阅读考证，或索性在图书馆一待就是一整天。由此她了解到传说中的三位教授，那位不知道名字的，是政府的支持者，既想为蒋介石捧场，又有所顾忌，便拉陈中凡和胡小石下水。陈中凡的观点“偏左”，他与陈独秀交情甚笃，非常痛恨蒋介石翻云覆雨，独断专行，但他却因为战乱之时藏书难保需要蒋校长的帮助。胡小石是一位美食家，对政治毫不感兴趣，据说蒋介石曾向他讨过字，他并没有给。这次受邀，喜好美食的他听说席上会有难得的好菜肴便难抑激动。

温方伊还阅读了陈中凡教授有关哲学论文、中国戏剧史研究等相关著作，研读了胡小石的《中国文学史》等著述，对胡小石的诗词与书法也进行了一番探讨；胡小石对政治不感兴趣，但他到底喜欢吃什么菜，温方伊找了许多美食资料，最后确定为南京老正兴的“火腿烧豆腐”。

已经研究到这个地步，应该说资料已经相当详尽了，可温方伊依然不动笔，她还要作进一步的探索研究。于是她又阅读了中央大学、西南联大校史资料，通读了朱自清、吴宓等教授的日记，甚至连当年学校的一则小通知都不肯放过。

做完这些，半年已过去了，到了 2012 年春节，于是她拟塑造以陈中凡为原型的时任道，以胡小石为原型的中间人物夏小山，以及从《联大八年》找来剧中人物卞从周。

经过一段时日的埋头耕耘后，温方伊把初稿交到了吕效平教授手中。在交给吕教授 30 多份作业中她的质量显然是最高的，但并非说不需要继续打磨了，而这一打磨就是五遍。即使在排练过程中，对情节、文字也做了许多调整，功课越做越多，结构越改越奇，愣是把剧情与人物命运如同做煎饼一样，一翻再翻，实现了“超级大逆转”。就是这种不断提升“里子”——提高她自己和作品的内在质量，让一个此前并没怎么接触话剧艺术的温方伊，其剧本创作成为一种“传奇”。

2012 年 5 月，《蒋公的面子》作为纪念南京大学建校 110 周年系列剧首演，第一场演出后，立即有口皆碑，第一轮的五场演出场场爆满。2013 年更是在全国巡演和海外巡演，票房已超过千万元。

著名剧评家水晶从北京专程坐火车到南京观看《蒋公的面子》，随后在微博和新闻媒体上力荐该剧，其中有这样的话语："仅从编剧角度看，讲中国故事，如此有文化、有生活的剧本，近年仅见，却出自一个大学三年级的女孩之手，令人击节赞叹，叹为观止！"

目前，《蒋公的面子》剧本被出版成书，并在 2013 年 7 月获得《人民文学》杂志社和江苏省作家协会联合创办的"紫金人民文学之星"大奖。温方伊已被保送为影视文学专业的研究生，并辞去饰演了近三十场的女主人公时太太的职务，同时她还推掉了一位大佬欲与她的文学创作签约，专心回到课堂读书。

去掉浮躁之气，潜心学问，当把"面子"变为"里子"时，也就让自己有了"面子"。正如白岩松所说：2013 年最热话剧《蒋公的面子》的蹿红，为新生代编剧赢得了巨大"面子"。

多做"里子"的事，无意于"面子"，其"面子"也就会不召自来。

"面子"和"里子"，不过就是有一段微妙的距离而已，那就是耐心地努力。将心血赋予你该做的事上，自然就有"面子"了。

那个曾经偷偷喜欢你的男生

郭紫雯

暗恋最伟大的行为，是成全。你不爱我，但是我成全你。真正的暗恋，是一生的事业，不因他远离你而放弃。没有这种情操，不要轻言暗恋。

——张小娴

1

2005年6月23日下午15:27分，我终于决定跟你一起去湘西。

录取通知书下来后，家人把我骂了个狗血淋头。朋友们都说我疯了，用高出一本30分的成绩填报一个烂得不能再烂的二本院校。

我躲在网吧的包厢里，偷偷笑了好久。因为你在学校的贴吧里说，你终于考上了这所二本院校。接着，你在2楼发了寻友帖，打算在开学的时候找个伴一同前去。

我在昏暗的包厢里打下了我的地址，电话和姓名。可不到五秒钟，我又迅速用back键把它们恢复成空白。

对不起，我始终没有勇气留下自己的名字。我不想让你知道，我就是那个被众人骂得遍体鳞伤的高分低能儿。

任何人都无法理解我的行为。但是我知道，我之所以这样，不过是为了和你在一起。

2005年9月10日，我在体育馆的大厅里看到了你。报名的新生们像无头苍蝇一样乱撞。很快，你便消失在了茫茫的人流里。

我不知道你在哪个系，不知道你住哪栋宿舍楼，甚至不知道你有没有男朋友。大学里的龙卷风恋情实在太多，我不敢担保，你就不是这其中的一个。

高年级的学长们成天窝在军训场，一个个像饿瘦的秃鹫。班上稍有些条件的女生，几乎都收到了成堆的短信和情书。

这一刻，我多希望你是你们班上备受冷落的那一个。

2

军训汇报表演的时候，我再一次见到了你。

你站在人群的最前面，威武的正步踢得一点都不逊色于国庆阅兵场上的女兵。看台上有几个厚脸皮的男生朝你吹口哨，你连看都没看一眼。

我差点忘了，当初在中学的时候，你就是众多男生追捧的对象。你不像我，平凡得像消失的空气。尽管你的成绩一塌糊涂，可你从来都是佼佼者，你经历过许多万人瞩目的场面，因此，才会在此刻泰然得如同山岳一般。

毫无疑问，那次军训比赛，是你带领的新闻系赢了。我们系不过得了个安慰奖。

作为班长，我和你一同站在了领奖台上。摄影师挥着左手喊道，近些，对，再靠近一些。

就这样，我和你肩并肩地站在了喧闹的领奖台上。我能听到你均匀的呼吸，能感受到你臂膀传来的温度，甚至能闻到你身上那股若有似无的兰花香。

我抱着最小的奖状，在人群里笑靥如花。同学们都说我的脑袋有问题，不觉得羞耻也就算了，竟然还有脸笑得比拿一等奖的你更灿烂。

第二次班委竞选，我落败了。投票结果刚出来，我就手舞足蹈地在教室里庆祝了一番。他们面面相觑，以为我疯了，被撤职都那么开心。

他们哪里知道对于我来说，不是班长有多好。我再也不用组织那恼人的活动，再也不必顶着大中午的烈阳去参加学生会议了。最重要的是从今天开始，我又有大把的时间可以去看你打球了。

3

第一次当晚会主持，你就火了。台下的所有男生都说，你是整个学校最漂亮的女主持。

听到这话，我应该高兴才对。可不知为何，竟无故忧伤起来。你从来都是这般惹人注目，可我呢？有谁在意过我的存在？又有谁知道我是如此喜欢你？

显然，悲伤并没有结束。晚会中途，一个高大帅气的男生怀抱大束玫瑰朝你冲了上去。

台下一片哗然。我没料到一向冷若冰霜的你，竟然当众接受了他的殷勤。

有人说，他是你的男朋友。我信了。因为我对你是如此了解。按照你的性格来看，如果你不喜欢他，你肯定会在当时让莽撞的他下不了台。

后来看到你们牵手，我并不觉得讶异。一切均在我的意料之中。

再后来，我报名参加了迎新篮球赛。生来只会读书的我，其实压根对篮球一窍不通。

我到处借 NBA 的光盘看，拼了命地训练。目的，只是想从那沉默的淤泥中爬出来，让你由此看到执着而又冷静的我。

4

比赛那天，你到底是来了。穿青底红花的苏式旗袍，梳缭如云雾的宫廷发髻。全场男生都惊呆了。你永远都是那么与众不同。

为了发挥最好的状态，我特意喝了三瓶冰冻红牛。

投篮，盖帽，再投篮，再盖帽。你喜欢的他，似乎跟我有着莫大的仇怨。只要我一抓到球，他就舍了命地盯着我。

他真像一只甩也甩不掉的水蛭。

你的目光从来没有离开过他的身影。除了你之外，还有很多陌生的女孩为他尖叫。

我怒了。那燃烧的愤怒,似乎要把我整个人都吞噬掉。抱着篮球,成了独来独往的艾佛森。不论遇到什么情况,我都再也不会把球传给任何人。

队友们喊我,骂我,我都不理。我的要求多么简单,我只想进一个球,只想在他的面前赢一次,只想让你的视线在我身上停留一秒。

试问,哪个男生不想在自己喜欢的女孩面前表现出最强的一面?

可惜,事实已经证明这个方法根本不管用。

5

2007年12月,我在漫天卷地的雪花中看到他和另外一个女生牵手了。

我忽然跑起来,想把这个消息告诉你,可我怎么告诉你呢?我连你住在哪个寝室都不知道,我怎么告诉你?

再后来,就听到了你和他分手的消息。

那些日子,我天天坐在网球场上等你。我多希望你会知道不管怎样,这世界上都会有一个男生死心塌地护着你。

五天后,你终于来了。脸上虽然挂着一如昨日的笑容,可眼睛却肿得像个熟透的桃子。

生活有的时候真是一部戏剧。没想到你们俩竟会在宽阔的球场上狭路相逢。更要命的是,你看到他的时候,他正和那位大眼女生同吸一杯柠檬水。

你手中的网球拍像枚炸弹一样飞了出去。那女生猝不及防,被坚实的球把打得呼天抢地。

他一个箭步冲了过来,愤怒的指头像要戳进你的眉宇里。你刚伸出手准备扇他,就被训练有素的他抓了个正着。

人群忽然安静了下来。你像患了失心疯一样,对他又打又闹。

大眼女生看到你们拉拉扯扯的样子刚起身准备走,他就将你一把甩开了。

你眼泪汪汪地跌坐在地，伤心得不知如何是好。

那一秒，我估计我是疯了。二话没说，竟对着他匆匆而去的后背飞身一脚。连我都觉得自己帅呆了，就算是甄子丹本人来踢，也不过帅至如此吧？

事情真是出人意料。摔倒后的他，既没有瞬间昏倒，也没有痛苦呻吟，而是爬将起来，挥着偌大的拳头，朝我一顿暴打。

真他娘的无语，看来电影里的武打情节一点也不可靠。

6

躺在医务室的病床上，连你都对我觉得莫名其妙。

“哥们儿，就算你是梁山来的，爱打抱不平，那也得靠点谱吧？你这拔刀相助，反让我倒贴了三百多块钱。”

你的幽默，让我顷刻忘了浑身疼痛。

我再一次与你靠得这般相近。我要说点什么呢？我忘了。满肚子的话，真不知从何说起。

傍晚，你送饭过来时，我正给家人打电话。你听了我的方言后欣喜若狂地说：“哇，你是不是大理的？是不是大理的？”

我点点头。“哇！哇！我们是老乡啊！”

“你哪个学校毕业的？”你问我。

犹豫片刻之后，我把学校名称告诉了你。你一脸疑惑地看着我，说：“不可能吧？我也是那所中学毕业的，我怎么没见过你？你哪个班的？”

我把我的名字告诉了你。

“你不会是那个用重点分数报二本院校的高人吧？”你说这句话的时候，嘴角歪得像个茄子。

“真不明白，考那么好的分数，竟然报这种学校。李先生，请问您当时是怎么想的？我作为您的校友，得好好采访采访您。”

你把小手捏成麦克风的模样，递到我的嘴边。

我真不争气。竟在这一刻用眼泪代替了回答。

再后来,你交了新男朋友。而对于你当天的问题,我还是没有给出真正的答案。连这份若有似无的友谊都来得如此千辛万苦,我还敢奢求什么呢?

虽然你从来都没有注意过我,可我还是打心眼里感激你。因为你的出现,我才有了那么多丰富斑斓的青春记忆。我真的毫无抱怨,毫无情绪。

因为我早已知道,暗恋本身就是一次不求回报的牺牲。

每每看到暗恋,我总是会有恻隐之心,最多的问题是,为什么不能再用力一点表达爱呢?为什么不说开呢?没准说开就在一起了呢。可是,青春就是这样的残酷,这也正是青春最美的地方,美得让人心疼。

亲爱的牛顿先生

阮小青

暗恋是一种自毁，是一种伟大的牺牲。暗恋，甚至不需要对象，我们不过站在河边，看着自己的倒影自怜，却以为自己正爱着别人。

——佚名

伟大与渺小

第一节物理课，歪鼻子老头毅然不顾众怒，拖堂整整五分钟。兴许是年纪大了，一个牛顿的力学定义，他翻来覆去讲了十几次。

原本以为可以躲开他的魔掌。岂料，数学老师临时有事，把第二节课换给了歪鼻子老头。我差点没哭出来。我跟前排的苏小沫说，小沫小沫，快给他一口唾沫。

苏小沫回过头来，语重心长地跟我说，孩子，平日说你是土八路，你还不乐意，看吧，没素质没文化没修养的一面终于在你不经意间表露出来了。牛顿何许人也？那么伟大的力学理论你都不愿听？

歪鼻子老头又把上节课的理论重复了十几遍。我拍拍苏小沫的肩膀，欲哭无泪，聪明的小沫同学，你说牛顿的脑袋是不是被苹果砸晕了？要不，他怎么有事没事就搞些理论出来折磨我们？

苏小沫的一句话，让我胸口堵了半天，同志，这就是渺小与伟大的区别。牛顿被苹果砸到了头，他会想，苹果为什么会下落，由此推出万有引力。如果是你的话，一个苹果掉下来砸到你，你肯定只有一种反应，那就是，奶奶的，敢砸我？看我不把你的兄弟姐妹全吃光！

迫于无奈，为了打发时间，我只好硬着头皮向苏小沫借了卷卫生纸。只要歪鼻子老头一转身，我就立刻把事先准备好的尺子和浸满矿泉水的纸团取出来，啪啪几下，把它们全都送上教室的天花板。

歪鼻子老头到处找声源之地。后排的男生笑晕了，一个劲儿怂恿我，来个大点儿的，来个大点儿的。

不负重望，几分钟后，我的巨型原子弹终于研制成功。就在歪鼻子老头弯腰捡粉笔的一瞬间，我将这枚原子弹投向了惨白的天花板。

我扯了扯苏小沫的头发，哎，伟大的小沫同学，你不是很喜欢力学吗？那你给渺小的我解释解释，为什么上面的这些原子弹不掉下来呢？

苏小沫一脸迷惑地瞅着我，旋即缓缓抬头。真要命！就在这电光火石的一秒间，那颗刚被发射上去的特大号的原子弹竟然从天而落。不偏不倚，恰好砸在喜怒无常的苏小沫脸上。

弥天大祸

苏小沫杀猪般的尖叫，把歪鼻子老头吓得纵身半空。

我敢说，我绝对是世界上第一个享有此种待遇的男生。歪鼻子老头暴跳如雷地把我拖到小卖部，搜光我身上所有的零花钱，全都用来买卷纸。他气急败坏地说，我不告诉你们班主任，也不通知你的家长，但是，你必须做完你应该做的事。你不是很喜欢研究力学吗？那么，你就用自己的实验经费购买卷纸和矿泉水，然后用尺子把纸团全部射上天花板！记住，你的纸团一定要铺满天花板，不然，我一定会要你好看！

我向苏小沫借了一大笔实验经费。目的，只是为了用纸团把教室的天花板铺满。歪鼻子老头果然阴险毒辣，他怕我请外援，竟找苏小沫来当监工。

达芬奇画鸡蛋，我是弹纸团。但好歹，达芬奇没有像我一样，最终弄到双手抽风吧？

第三天，我的任务完成了。我以为一切将会结束。谁知，歪鼻子老头又把我叫到了办公室。他说，一个血气方刚的少年，应该懂得为自己的行为负责。因此，从今天开始，只要天花板上的纸团掉下一坨，我就得做十个俯卧撑。

人在屋檐下，不得不低头。要是老头一个不高兴，把我爸妈叫来的话，我死得会更惨。

从此，每天的物理课我都上得心惊胆战。我真怕那些逐日丧失水分的原子弹，会在某个阳光炽烈的午后，噼里啪啦地全掉下来。

周四物理课，刚打下课铃，天花板上的原子弹就如同瓢泼大雨一般降了下来。一数，不得了，两千多个俯卧撑。

半小时后，我像只大蛤蟆一样趴在地上，一动不动。苏小沫端着牛奶，走到我面前，幸灾乐祸地说，蛤蟆蛤蟆跳悬崖，硬装蝙蝠侠。

神童苏小沫

苏小沫绝对是个语言天才。她除了能四处绘声绘色地描述我当蝙蝠侠的经过，还能把英文普及到全国人民都听得懂。

就拿我欠钱不还这件事来说，苏小沫就给了我一大串自制英文。Bus，yes，girls，miss，school。如果，你把这串英文翻译成公车，对的，女孩，小姐，学校，那你就错了。按照苏式理论来说，这串英文，应该翻译成爸死，爷死，哥死，妹死，死光。

我说，苏小沫，咱就不能和平解决问题？现在贫富差距可是社会矛盾的主要方面，你那些钱，不就是在为解决当前矛盾做贡献吗？你应该感到光荣才对啊！再说了，我也是迫不得已。这样吧，为了对你有所补偿，我可以考虑，我俩签订一个不平等条约。

三个时辰之后，苏小沫硬逼着我签订了人生的第一个不平等条约——《苏李条约》。

其中一条尤为过分，明摆着要我成为一个整天撒谎的坏人。苏小沫在条约中赫然写道，不论何时何地，李方都必须对苏方心存敬意，时时赞美。

譬如,苏小沫上课抢答,受到老师表扬,我得款款深情地在背后接着跟风,哇,苏小沫,你真厉害! 简直是神童!

苏小沫得意地笑了,她果然是个傻里傻气的神经病儿童。

有点喜欢你

赞美的话说得多了,有的时候会在心理产生一种极不正常的反射。以前,觉得苏小沫的眼睛太小,现在认为刚好;以前觉得苏小沫的嘴巴太大,现在却嫌它小如樱桃;以前觉得苏小沫的头发太长,现在竟觉得那是青春的味道……

我被苏小沫弄得有点头昏脑涨。很多时候,她像无处不在的空气,充斥着我的大脑。有人说,这是暗恋的明显表现。

期末考试,苏小沫的物理成绩全班第一。有人给她取了个绰号,叫长发伽利略。

我说,伽利略同学,如果不嫌弃的话,咱们明天到冰果屋小聚一餐如何?苏小沫笑了,明亮的眼睛如同深秋里的晨阳。

苏小沫穿着大红连衣裙向我款款走来时,似乎整个世界都在跟着她的脚步微微震颤。

吃饭的时候,苏小沫一直凝视着我。她的眼睛,像一柄被烧得通红的利剑,使我坐立不安。我以为她有点喜欢我。岂料,她竟讪笑着说,哈哈,看来书上说得不错,冷读术的确有些厉害!

我闭上眼睛,深吸大口柠檬汁,浑浑噩噩地跟苏小沫说了一句,其实,我有点喜欢你。

苏小沫空前绝后的回答,使我哀伤不已。她挤眉弄眼地说,哇,你和我真有默契,其实,我也喜欢我自己。

变窄的心

我和苏小沫陷入了一种彼此无法解开的僵局。虽然,她幽默地拒绝了我的表白,但却无法拒绝我喜欢她的心。

苏小沫开始和前排男生打得火热。记得她曾说过,前排男生是个如假包换的娘娘腔,柠檬头,大瞎眼,豆腐脸,和他说一句话都能恶心三个月。她把这些忘得一干二净。

体育课上,肌肉男安排全班同学玩接力赛。我和前排娘娘腔分在一组。苏小沫为了给他加油,差点没把嗓子喊哑。

娘娘腔晃着额前那两缕头发气喘吁吁地朝我迎面奔来。我刚伸手准备接棒,娘娘腔就一脚踩在了我的大脚趾上。

我怒不可遏地挥出拳头,二话不说,冲着他的豆腐脸就是两个致命的组合拳。鲜血顺着他的鼻孔哗哗地往外涌。

苏小沫像疯了一样,一个箭步飞身过来,朝我的胸口就是狠狠两拳。她面目狰狞地看着说,没想到,你就是这么个心胸狭窄的小人!

我笑了,拖着受伤的右脚,在球场上狂跑。微凉的风,转瞬便吹干了我流出的泪。

苏小沫,你知道的,我以前根本不是这样的人,我从不和人争斗,也不和任何人比赛,甚至善良谦和到使人觉得懦弱。

我的心,之所以变得这么窄,完全是因为住了一个你。

改变自己

苏小沫说,娘娘腔不管怎么样,也算是个成绩优异的好学分子,和他在一起,好歹能学点东西。你呢?你会什么?除了那些恼人的恶作剧,除了年年倒数,你还能做什么?

我真没想到,苏小沫,在你心里,我会是这般一文不值。

暑假，我破天荒地参加了高考集训。我把高一至高三的课本，当成武侠小说，翻来覆去地读。我从来没有这么认真过。家里人都以为我心理出了问题，接二连三地找我谈话。

我没有任何目的，也没有任何梦想。我一头栽进书的海洋里，煮字疗伤。没人知道我之所以这样，不过是为了在有限的时间里向苏小沫证明，其实，我也可以很优秀。

娘娘腔依旧在我的耳畔唠叨着关于苏小沫的故事。我来不及发火，来不及抬头，来不及审视苏小沫当时的表情。我能做的，只是安静地演练集训班发来的习题。

亲爱的牛顿先生

大红榜单下来那天，很多人都哭了。唯独我，充满了复仇的快慰。我和苏小沫考进了同一所大学。而娘娘腔，终因临场发挥失意，沦落进三流院校的行列。

苏小沫一直没有联系我。

9 月，我背着厚重的行囊赶往南京。在这座炎热的城市里，苏小沫像被蒸发的水滴，再也没有出现。

迎新晚会那天，室友硬拖着我去了。穿过晨读林的时候，我忽然看到了苏小沫。她穿着浅蓝色的运动衫，远远地站在路灯下。为了避开她，我绕走小路，从她脚下的百花道穿行。

“哎，傻瓜，你中计啦！你到底还是被我骗到南京来了，哈哈！咱们的《苏李条约》还没到期呢！”苏小沫站在昏黄的暖光中，得意扬扬地看着我。

直到这一刻，我才恍然大悟。她的良苦用心，使我有些感动。

“喂，我要跳了啊，接住我！”苏小沫晃着双臂，一副跃跃欲试的样子。

“呵，亲爱的牛顿先生，如果可以，请你用力学公式帮忙算算，我此时的臂力，到底能不能承受这位伽利略先生的纵身一跃？”

有些爱是无声的，但却一直处心积虑。这么做无非就是希望最后可以跟你在一起。

克莱德曼对“龟”弹琴

佟才录

大自然永远不会欺骗我们，欺骗我们的往往是我们自己。

——卢梭

加拉帕戈斯象龟是世界上最珍稀的生物物种之一，它们一般能活 150 多岁，但由于受到人类活动的威胁，加拉帕戈斯象龟这一物种正处于濒临灭绝的境地。在英国伦敦国家动物园，有一只名叫德克的雄性加拉帕戈斯象龟。它今年已经 70 岁了，但由于对异性缺乏“性趣”，所以至今还没有“娶妻生子”。这可急坏了伦敦动物园的动物专家和工作人员。

因此，象龟德克的交配与繁衍后代问题，就成了动物园工作的重中之重。动物专家和工作人员们为此事，既焦急万分又头痛不已。

动物园的动物专家和工作人员曾经想了很多种办法：他们精心为象龟德克在国内挑选了两个异性伴侣，后来又为德克从保加利亚“引进”一只 13 岁的外国“小妞”雌性象龟多利。工作人员把德克和多利放在一起，期望它们朝夕相处、日久生情，能成为伴侣，并进行交配和繁衍后代。可是一年多时间过去了，象龟德克对年轻貌美的多利毫无“性趣”。这可怎么办呢？眼看象

龟的最佳交配期就要过去了，如果今年交配不上，那就只有等待明年了。

一天，负责德克和多利交配繁衍的华人动物专家李希刚来动物园巡视观察德克和多利的“恋爱”情况，当时饲养员正一边给两只象龟喂食，一边听着随身听，随身听里正播放着法国著名钢琴家理查德·克莱德曼的钢琴曲《水边的阿狄丽娜》。李希刚惊奇地发现，德克和多利听得如醉如痴，并慢慢向一起靠拢，耳鬓厮磨起来。李希刚欣喜若狂，他想，在中国早就有“对牛弹琴”的说法，而且很多中国奶农通过给奶牛听欢快的音乐，促进奶牛产奶，收到很好的效果。于是，李希刚兴奋地去找园长，把他的这一发现告诉了园长，并提出给象龟听浪漫钢琴曲促进象龟“恋爱”。园长和其他工作人员都感到可笑和不可思议。但因为实在想不出更好的办法，只好“死马当作活马医”，就试一试。于是，每天，李希刚都播放一些钢琴曲给德克和多利听。李希刚发现，当播放浪漫的钢琴曲时，两只象龟就会彼此靠近，相依相偎在一起听音乐，而且它们尤其喜欢克莱德曼的浪漫钢琴曲。

动物园给象龟播放钢琴曲的事，被伦敦媒体记者捕捉到，他们赶到动物园进行了细致地采访，并在英国最大的报纸《世界新闻报》的头版大篇幅刊出，世界各国的各大媒体也纷纷进行转载。一天，法国著名钢琴家理查德·克莱德曼晨起浏览报纸，无意中看到了这则有趣的新闻报道，他看后马上决定为象龟德克单独举办一场钢琴音乐会。现年59岁的克莱德曼，不仅是一个世界顶级的钢琴家，同时也是一名动物保护爱心人士。在随后的一天，克莱德曼在与伦敦动物园取得沟通后，便起身飞往英国伦敦。

2013年2月7日，闻名全球的“钢琴王子”理查德·克莱德曼，在伦敦动物园内专门为德克和多利举办了一场特殊的私人音乐会。克莱德曼深情地演奏了他的著名钢琴曲《水边的阿狄丽娜》，钢琴曲一响起，浪漫的音符就弥漫了整个伦敦动物园上空，而加拉帕戈斯象龟德克和多利也听得如醉如痴，十分入神。一曲终了，克莱德曼抹了一把额头的汗珠，随后又为德克和多利演奏了《西区故事》和《罗密欧与朱丽叶》等浪漫的钢琴曲目。动物园的专家和工作人员惊喜地发现随着曼妙的音乐声响起，德克慢慢向多利靠近，最后相依相偎，一派浓情蜜意。最后，德克终于爬上了多利的脊背，在优美的钢琴曲的律动下，愉悦地完成了交配。

接受采访时，钢琴王子克莱德曼说："我希望通过自己的音乐，为加拉帕戈斯象龟的交配营造浪漫温馨的气氛，使它们顺利交配并繁衍后代。同时也意在向世人传播保护动物的理念，号召世界人民共同携起手来，永远保护我们的地球物种。"

为一只象龟举办钢琴音乐会，不仅体现出了人类对动物的深切关爱，更展现了一幅人与动物和谐相处的美好温馨的画面。

如果人和动物能够像朋友一样相处，如果我们对待动物能够多点人文关怀，那世界就和谐了。

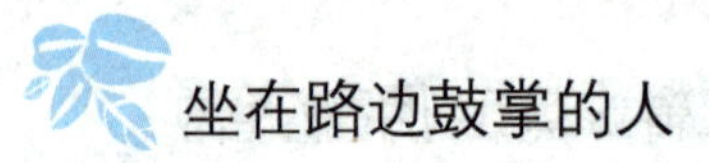

幸好有它

周月霞

慈善是心灵的，而不是手的美德。

——阿狄生

门卫新来的李大爷算是个彩票专家，老人有很多关于彩票的秘籍，什么双色球的规律、刮刮彩的秘密，据说老人还经常中奖，具体数额老人总是微笑不语。我们几个翻斗车的司机只要一闲下来，就凑到老人的小屋缠着老人讲彩票经。

有一天，跟我同车的小张一上班，就拽着我一头扎进老人的小屋，兴高采烈地对李大爷说："大爷，大爷，您的分析真对，您瞧，我三天前买的三色球中了奖，下了班我就去兑奖，回头请您吃饭！"我就起哄小张一定得去阳光新城的一家海鲜馆，还说让小张给李大爷买几瓶好酒。李大爷却笑嘻嘻地说："不要酒不要酒，彩票就是个运气，愿好运常伴你，支持福利体彩！"

我都打着车了，小张才磨蹭着走出李大爷的屋子。我问，你咋那么慢？又跟李大爷取经了吧？小张说，没有，我怕把彩票弄丢了，就让李大爷保管，下了班再去兑奖。我眨巴眨巴眼睛，笑说，你就不怕李大爷偷偷去兑奖呀？小张脸色一变，随即马上笑了，说，怎么会啊。

人在愉快的心情里，时间过得飞快。转眼，下班时间到了，我收拾驾驶室里的东西，却早就不见了小张，我知道那家伙肯定跑去李大爷那儿了。

还没等我跳下驾驶室，就见小张脸色煞白地跑了过来，急促、小声地说："李大爷，不在传达室！"

"啊？"我惊叫了一声，说："会不会真的跑了？拿着你的彩票……打手机啊？"

小张一屁股坐到了地上，灰着脸说："我刚打电话问了，我那个奖是三千啊！"

"报警吧！"我掏出了手机。

小张直摇头说："别啊，没准老人是出去办事听不见呢！我打他手机了，没人接。等等吧，再说，就为了这点钱报警，至于吗？"

我想了想也是，看着小张沮丧的样子，就陪着他一起坐到传达室门口的台阶上等待。

等啊等啊，夏天的天长，晚上七点才见太阳落山。我跟小张轮番打着李大爷的手机，一直是无人接听。

眼看着月亮都爬上来了，我拽拽小张的衣袖，说："走吧，回家吧。"我们俩耷拉着脑袋往厂区外面走，忽然，小张的手机响了。

"喂，我们是第一医院，你是张卫国吗？"

"对对对，我是张卫国。请问你有啥事吗？"

"我们这儿有个出了车祸的老人，叫李成林，一醒过来就让给你打电话！他说，有很重要的东西交给你！你来医院吧……"

我和小张你瞅瞅我，我瞅瞅你，大张着嘴巴，愣了好半天。

等我们赶到医院的时候，李大爷半躺在雪白的病床上已经睁开眼睛冲着我们微笑了。

原来，李大爷出门办事，怕小张的彩票丢失，就带在了身上，里三层外三层地包裹好，放在挨着胸口的内衣兜里。结果，过马路的时候不留神，让一个闯红灯的面包车撞了，好在伤势不重。幸运的是，碎裂的一块汽车玻璃呈尖刀状斜刺在李大爷的左胸部时，多亏李大爷左边内衣兜有那个鼓鼓囊囊的装着彩票的硬纸包，才没有被刺进皮肉。

这时候，李大爷的女儿走进来，一边喂李大爷水喝，一边笑眯眯地对我们说，你们还不知道我爸不光是个优秀彩民，还是个志愿者吧？他的彩票中奖的钱全都给五保户捐献了，今儿就是去给一个孤寡老人送他三天前中奖的500元的！

所有人听完李大爷的故事之后，既激动又感动地对老人赞不绝口。

我和小张齐声说："大爷，您这叫好人有好报！"

李大爷却笑眯眯地示意女儿打开那个纸包，有些虚弱地抬起手，指着那张彩票说："嘿嘿，幸好有它啊！"

读这样的故事，像是沐浴在春风下，感受到的是浓浓的温暖和爱，如果社会上的每一个角落都如这般和谐，那该有多好。

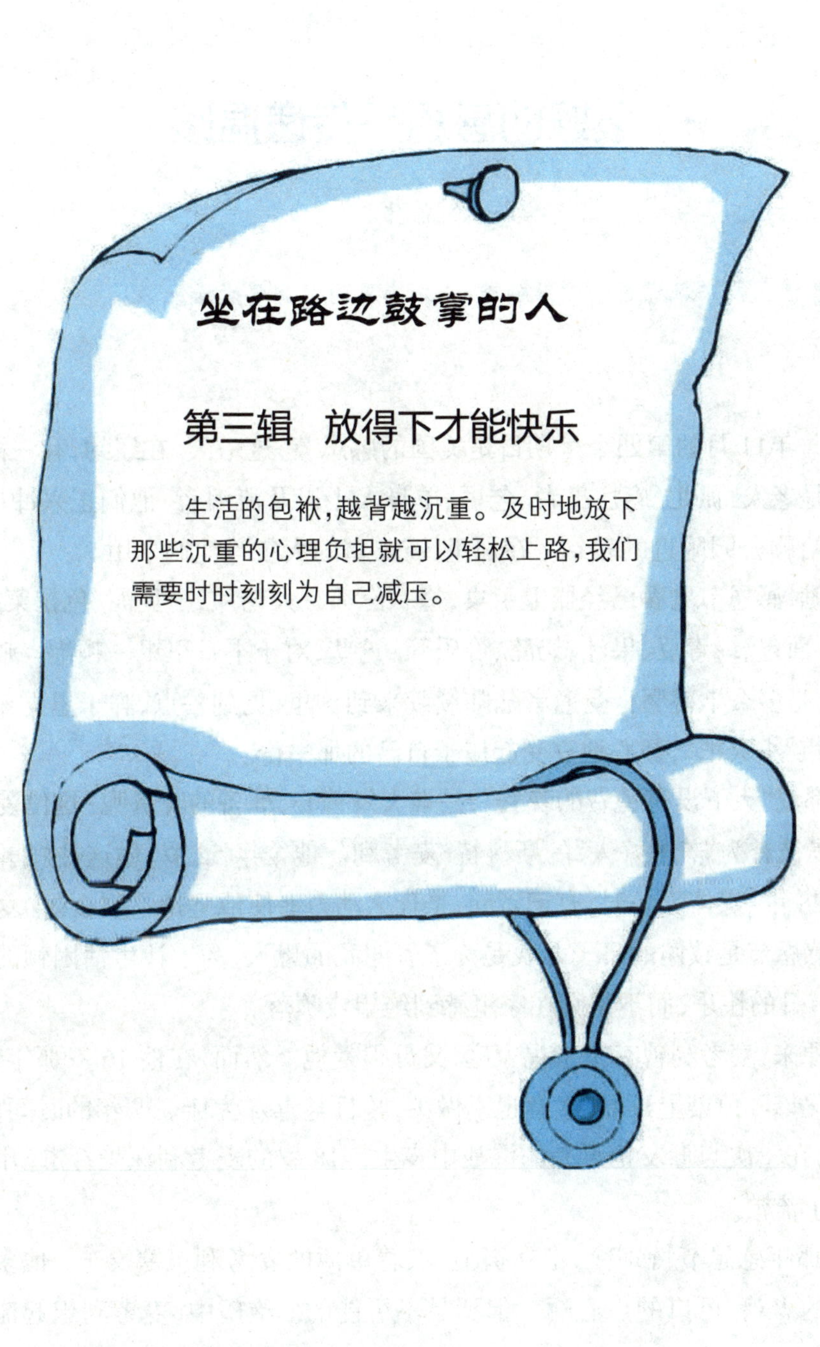

第三辑　放得下才能快乐

生活的包袱，越背越沉重。及时地放下那些沉重的心理负担就可以轻松上路，我们需要时时刻刻为自己减压。

最好的感恩是传递温暖

徐伟

生活需要一颗感恩的心来创造，一颗感恩的心需要生活来滋养。

——王符

每年11月的第四个星期日是美国的感恩节，这一天，在纽约，有一群人，他们是老人、孤儿、癌症患者、乞丐、单身人士以及流浪者，他们正兴冲冲赶往曼哈顿公园附近的教堂。在那里，有丰富的大餐等他们享用。

瞧，感恩节大餐已经摆上了桌，每一份都有火鸡片、土豆泥、色拉菜、南瓜饼、小面包、绿青豆、果汁、奶酪、可乐等。这些，对于平日里饥一顿饱一顿的人来说，是多么丰盛啊！受邀者陆陆续续来到这里，见到餐点，眸子里立刻升腾起一束"小火把"，开心地享受起属于自己的那一份。

都说"天下没有免费的晚餐"，是谁大发善心，准备的晚餐呢？这位爱心人士就是被誉为"美国好人"的斯科特·麦考利。他今年52岁，做这件好事已经整整28年。媒体采访时，有记者问，是什么动力促使他坚持了这么久？麦考利说："感恩节是致谢的日子。我是为了答谢我的恩人，为了让生活困顿的人感受到节日的快乐，而不是窝在家里感到绝望或堕落。"

原来，麦考利曾有个幸福家庭，父母很爱他。然而，在他16岁那年，做生意的父母不慎染上毒品，生意也不做了，整日与毒友为伴。两年的时间，败光家财，在一次与毒友抢毒品的混战中丧生。18岁的麦考利深受打击，开始在社会上流浪。

那年感恩节特别冷，走在街上，衣着单薄的麦考利饥寒交迫。他多想吃喷香的火鸡、可口的点心啊！但那是不可能的。绝望中，麦考利想起流浪时一个小偷对他说的话:“要想吃香的喝辣的,多长一只手就够了。”当时,麦考利并不想这么做,如今,顾不上那么多了,他想得到一些钱,买些好吃的填饱肚子。

麦考利开始在熙熙攘攘的人群中物色人选。很快,他找到了下手目标,被他盯上的是位老人。这位老人正从大街拐向小巷,麦考利立刻去盯梢,想等到人少的地方再下手。小巷很窄,里面基本没什么人,麦考利只要加快步子,从老人身边“挤”过,就可得手了。可因为是初次,他迟迟不敢下手。又走了大概 100 米, 麦考利忽然觉得老人的背影很像他死去的爷爷, 他不忍心了,停下步子,呆立着。

正当麦考利踌躇不前时,老人突然回过头对他说:“你好,能帮个忙吗?”麦考利一愣:“什么事?”“是这样的,我夫人去世了,孩子们在外地工作,家里只有我一个人,你能陪我过感恩节吗?”老人说。“好啊!好啊!”麦考利又惊又喜,忙不迭地答应。

那天晚上,麦考利吃了流浪以来最饱的一顿饭,并在父母去世后第一次向外人吐露心声,他感到无比温暖。饭后,老人感谢麦考利陪他过节。末了,老人说:“知道我的孩子们为什么去外地工作吗?因为我……”老人用手做了个偷的动作,痛苦地说:“我只是在最无助的时候,做了几次,孩子们就不肯原谅我了。偷窃是可耻的行为,哪怕走投无路也不要做,否则生不如死。”

麦考利惊呆了:老人竟然对他的企图心知肚明!但整个席间,只字未提。老人是怕伤到他的自尊心吧?麦考利感动不已,下决心不做丢脸的事。后来,老人通过熟人帮麦考利介绍了一份工作,他也过上了有尊严的生活。麦考利非常感谢老人,节假日都来看望他,直到五年后,由于身体每况愈下,老人被子女们接走了。

麦考利对老人的帮助念念不忘,老人走后,他想以特别的方式感激他。他想到落魄时自己的绝望,想到老人给予的温暖改写了他的人生。麦考利决定,在万众同乐的感恩节,向缺少温暖的困难人群发放免费餐点,送去节日的快乐。这一做,就是28年。

麦考利说得真好:“感恩节是致谢的日子。”他做得更好,最好的感恩方式就是发扬爱心,传递温暖。

一个人最好的动力,就是怀有一颗感恩的心,因为感恩,所以向善,所以才会努力地为自己爱的人去拼搏。感恩是一种美德。

满城尽是黄金柚

朱向青

春草明年绿，王孙归不归。

——王维

我的老家在素有“世界柚乡、中国柚都”之称的漳州平和，每年四五月，春到了，一簇簇洁白的柚子花也开了。

老家人一看这些小白花，便觉得有了着落和依靠。走在弯弯的山道，走过密密的柚群，他们由树看到花朵，便不知不觉停住脚步，快乐地想起这样的香气，一朵花儿便是一个又酸又甜的柚子，等花儿散尽，明天一个个该挂在树间了吧？今年准保又是一个丰收年！路上碰上了，不管熟不熟的，嘴角都掩不住笑意，彼此热络地打着招呼：家里栽了几棵树啊？今年的花都开了吧？即便一阵小雨过后，柚树飘飘落下些白色花瓣，花蕾半绽半开静默躺在了土里，慢慢成泥，多少觉得惋惜，他们也并不特别着急，傍晚收工回家，脸上还是宽厚笑着，心里依旧笃定地想，柚了花年年都是这样的，有风有雨，才有秋后的累累果子……这样慈善的天，还有什么可抱怨的呢。

小孩子呢，可不如大人沉得住气，每天一早，阿旺家的，阿才家的，便揉揉惺忪的眼，你叫上我，我喊上你，跑去看柚子，还是绿绿的，不服气地比比，这一夜间，谁家的柚树长高了，谁家的柚子大点了，不知哪个发现了，“呀！阿发，你们家又多出了个小圆圆了！”一阵欢呼，又是一阵慌乱，在大人的吆喝声中偷笑着各自逃散……

这样大人小孩惦记了好几个月，等到秋高时节，秋风落叶，枝头的果子渐渐露出阳光般的色彩，柚子终于长到了大家期待的模样：黄澄澄，沉甸甸，调皮地压弯了树，羞怯地垂下了头！满山遍野，尽是金黄璀璨的柚子，家家户户，

老老小小,都出动了,你提着筐,我带着箩,呼朋引伴,相约采摘蜜柚去!

柚香飘飘,更是吸引了大量游客来踏青赏花。如今自助采摘已跻身成为新兴旅游业的又一张闪亮名片,柚子成熟时节恰逢国庆小长假期间,远离城市喧嚣的人们,兴致勃勃地在柚园里采摘着蜜柚,品尝新鲜的柚味,放松身心的疲惫。

享有“清廷贡品”盛誉的平和蜜柚,可不简单,据说同治皇帝曾对它喜爱至极,它果大皮薄,肉白如玉,也有红瓤的,均多汁柔软,入口溶化,清甜微酸,味隽回甘,不仅是美食果品,还是令人神往的天然保健食品,富含多种维生素,有“天然水果罐头”之称。清人施鸿葆将其称为“果中侠客”,在《闽杂记》里这样夸道:“闽中诸果,荔枝为美人,福橘为名士,若平和蜜柚则侠客也,香味绝胜。”不信,你随手剥开一个柚子,轻轻地咬上一口,要多爽口就有多爽口!吃着这样的蜜果,你会觉得连生活都是甜的呢!

“柚香两岸,祖地生辉”,从养在深闺人不识”到走出国门,琯溪蜜柚演绎了一段扬名中外的传奇。感谢上苍赐给我们这颗佳果,感谢老家人民辛勤培育、呵护传播这颗佳果!

天道酬勤,只要生生不息,生命便永远年轻。生命,美丽地活在大自然的风景里,也即成了一道美丽的风景——满城黄金柚。

生命就如同这满城的柚子一般经久不衰。分享和给予,成就了生命光辉灿烂的一面。

天使翅膀上的痂

旭旭

有爱慰藉的人，无惧于任何事物，任何人。

——彭沙尔

艾琳娜的妈妈是一名小学音乐教师，她会弹奏许多种乐器，她的琴声，像潺潺的流水，流淌在同学们的心田里。同学们都说，艾琳娜的妈妈就像是美丽的天使，把我们一个个都变成了美丽的小天使。

艾琳娜为自己有一个天使般的妈妈感到幸福。在妈妈的言传身教下，才 8 岁的艾琳娜，就会跳许多舞蹈、会唱许多儿歌、会弹好几种乐器了。她吹奏的萨克斯管《回家》，音域宽广，缠绵悱恻，仿佛把人们带到了天籁般的意境中……

在妈妈的精心呵护下，艾琳娜就像一只快乐的百灵鸟，无忧无虑地生活着。每天清晨，艾琳娜最快乐的事就是帮妈妈梳理一头金色的头发。妈妈的头发很漂亮，像瀑布似的。经过艾琳娜梳理，妈妈的头发显得更加柔媚，散发出金色的光芒。

艾琳娜常常情不自禁地说道："长大后，我也要长出像妈妈这样秀美的头发，散发出金色的光芒。"妈妈轻轻地搂着艾琳娜，说道："会的，一定会的，我可爱的小天使。"

可是，最近一段时间，妈妈常常皱着眉，显得很痛苦的样子说道："这几天，我的腿不知怎么有点肿，浑身好像没有劲。"

艾琳娜说："妈妈，您也许太累了，休息一下就好了。"

一天，艾琳娜放学回来，发现妈妈已在家早早地烧好了一桌饭菜。艾琳娜

疑惑地问道:“妈妈,您今天怎么回来这么早?”

妈妈走到艾琳娜跟前，用手理了理女儿瀑布似的秀发，笑吟吟地说道：“艾琳娜,妈妈正要跟你商量一件事,我今天到医院检查了一下,医生说我得了乳腺癌。”

艾琳娜惊讶地望着母亲,好一会儿,她才轻轻地说道:“乳腺癌?这病可怕吗?”

妈妈说:“听说很可怕,不过我一点儿也不怕,只不过马上要开始治疗了。治疗后,我恐怕要变丑,等病治好了,我才会像过去一样!”

艾琳娜说:“那我能帮您做点什么吗?”

妈妈拿来一把剪刀，对艾琳娜说:“现在妈妈想请你把我的头发全部剪掉，要不然治疗起来不方便。”

艾琳娜接过妈妈递过来的剪刀，一只手抚摸着妈妈一头秀丽的头发,轻轻地说道:“妈妈,这头发真要全部剪掉吗?”

妈妈坚定地说:“是的,全部剪掉,一根也不要剩。”

艾琳娜对着头发的根部,咬咬牙,轻轻一剪,一绺秀发就散落了下来。妈妈的头上,出现了一块可乐瓶口盖大小的空白处。艾琳娜胸口微微一颤,有一丝疼痛。妈妈似乎觉察到什么,微笑着说:“艾琳娜,不要犹豫,就这样剪下去,将头发全部剪光,等妈妈病好了,就又会长出像过去一模一样的头发了。”

艾琳娜大起胆子来,她“咔嚓咔嚓”剪了起来,一会儿,妈妈满头的头发全剪光了,只剩下一个光秃秃的脑袋来。

妈妈用镜子一照,看到自己光秃秃的脑袋,还有艾琳娜噙满泪水的脸。妈妈笑着说:“艾琳娜,不要哭,你应该高兴啊,你看妈妈的头发被你剪掉了,还是很美啊!”

艾琳娜被妈妈的一席话逗乐了,终于露出笑脸来。

不久,妈妈开始化疗了。妈妈说:“我的头发被剪光了,再也不用担心化疗后掉头发了,许多病友都说我这个方法好,她们也都开始剪头发了。”

艾琳娜摸着妈妈光秃秃的脑袋,轻轻地问:“妈妈,化疗痛吗?”

妈妈笑着说："痛啊，不过这是为了治病，这点痛不算什么，等妈妈把翅膀上的痂治好了，妈妈就会像以前一样漂亮了。"

艾琳娜高兴地拍起手，兴奋地说道："妈妈是天使，等天使翅膀上的痂治好后，就又能展翅飞翔了。"

同学们得知艾琳娜的妈妈生病后，都到医院去探望。妈妈看到孩子们来了，把她们一个个搂在怀里，笑着说道："孩子们，你们都要笑，你们都来摸摸老师这光秃秃的脑袋，是不是很有趣啊。"

孩子们听了，一个个伸出小手，抚摸着艾琳娜妈妈光秃秃的脑袋。她们说："老师光秃秃的脑袋有点扎手心，痒酥酥的。"

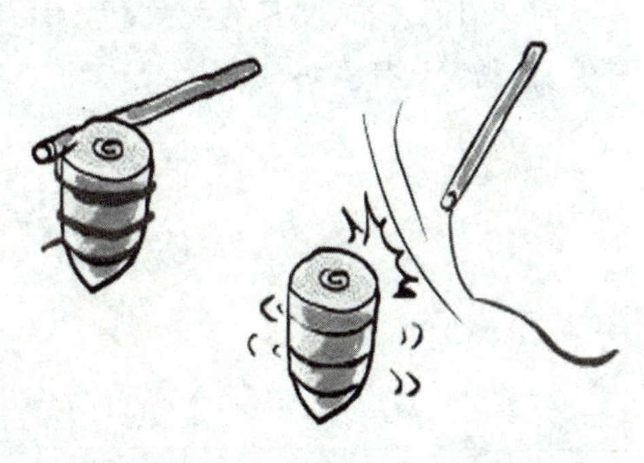

艾琳娜妈妈笑着说："老师翅膀上结了痂，等把痂治好了，就会像以前一样漂亮了。"

孩子们听了高兴地拍着小手，欢呼着："老师是天使，天使翅膀上的痂治好后，就又能教我们唱歌、弹琴、跳舞了，就又能展翅飞翔了。"

同学们精心排练了一个舞蹈，舞蹈的名字叫"天使翅膀上结的痂"，表达了同学们对艾琳娜的妈妈的美好祝福。

在学校举办的晚会上，艾琳娜和同学们表演了这个舞蹈。艾琳娜在舞蹈中扮演一个美丽的小天使，她的翅膀上结了一个痂。这时，又出现了八个小天使，她们聚集在她的身边，她们的翅膀上也都结了一个痂。她们互相帮助，互相鼓励，然后，她们一起飞过了一座座高山、一条条河流、一处处险滩……她们冲过了许多艰难险阻后，最后飞到了开满鲜花的草坪上……不经意地她们发现，她们翅膀上的那些痂已痊愈了，翅膀变得更加美丽健康。翅膀上的羽毛，散发出金色的光芒。

忽然，艾琳娜惊讶地看到，妈妈也在台下看演出。艾琳娜和同学们舞动着美丽的翅膀，向她跑去。

妈妈将艾琳娜和同学们紧紧地搂在怀里，她将头上的帽子摘下来，艾琳娜和同学们惊讶地看到妈妈的头上，长出了一茬茬新头发，就像刚刚出土的小嫩芽。

妈妈说："医生说了，我翅膀上的痂就要好了，我很快就能像过去一样飞翔。谢谢艾琳娜、谢谢同学们，是你们帮我治愈了翅膀。有痂不可怕，只要有爱心，有信心，就一定能治好翅膀上的痂。"

艾琳娜和同学们幸福地笑了。

同学们的友谊、父母的关爱，无疑是我们成长路上不可或缺的精神养分。一路有爱，让我们这样幸运地成长。

只想送你一缕普洱香

安宁

对人的热情，对人的信任，形象点说，是爱抚、温存的翅膀赖以飞翔的空气。

——苏霍姆林斯基

曾经认识一个女孩叫菡，她应该算是我的同事吧，尽管严格说来，我们只是同属于一个大的公司，彼此并不在一个部门，除了在一楼的餐厅会常常碰面，平时并不会有多少的交流。

但我还是在不多的几次午餐闲聊中，知道她来自于云南的普洱，是茶农的女儿，一个人在北京，没有亲朋，却为了一个扎根此地的梦想，而在大学毕业后执着地留了下来。曾经她也与我一样，在残酷的竞争面前想要退回到家乡的城市，在父母的荫庇下过舒适安逸的生活，可还是最终驻守下来，一点点地靠近明亮的梦想，就像一只飞蛾，靠近热烈的火焰。

想来就是这样在异乡漂泊的孤单，让我和她在一次午饭后，对彼此生出信任与好感。我记得当时我们坐在靠近窗户的一个角落，聊了许多的东西。我们聊到彼此所读的大学，曾经年少时的梦想，走在路上的爱情，对某个人的暗恋。我们还欣喜地发现彼此竟然是同一个星座，连血型都是一致。我记得我们一直聊到人群散去，原本拥挤的餐厅里，只有服务生整理桌椅的声音，空气里有一丝丝的惆怅和潮湿，还有一缕清淡的茶香。

就是这样的茶香，让我想起菡的故乡，并随口说，如果过年时回家，给我捎一包普洱茶来吧。这一句话，其实我说过就忘记了，并不曾放在心里记着。我以为菡也定是只当一句说笑，过后就忘了，因为在过年之前的几个月里，我们很少再有机会交流，总是我刚刚去餐厅，她就起身离开了，我们很快又恢复至淡若无痕的交往时光。

后来有一天，我打开QQ时，她一向寂静无声的头像闪了起来，点开来便是一句有些愧疚的话：实在不好意思啊，过年因为没有买到火车票，无法回家，但是我已经托付一个老乡，回去一定给你捎一包上好的普洱茶来。

我有些惊讶，也有些感动，但还是谨慎地回复她说："嗯，谢谢你，不必放在心上，其实我只是随便说说的。"说完这句后，我又将此事忘记，这样直到过年回来，某个温暖的春日，菡的QQ头像又闪烁起来，说："老弟，普洱茶已经捎来，放在我电脑桌下的抽屉里，我现在在外面，你下班后过去拿吧。"

我想了想，如果我过去拿了这包茶叶，被熟识的人看到，以为我和菡有什么暧昧的关系，不熟识的人撞见了，或许会认为我去菡的办公室搞什么地下活动。这样想着，便放弃了下班时去拿这包茶叶的想法。

第二天，菡的QQ又跳跃起来：你怎么没有过来拿普洱？我有些歉疚，急忙回复她说："我中午请你去公司外面新开的云南菜馆吃饭吧。"菡沉默了足足有5分钟，才打出一行字来：不至于吧，一包茶叶而已。然后她便隐了身，再也没有出现。

一个星期后，菡又发信息来："你怎么还不来拿茶叶呢？我是真的忙，你有空就自己上来拿吧。"我回复一个"嗯"字，但还是没有勇气去拿那包放在陌生办公室里的茶叶。

几天后我在餐厅一个窗口前排队的时候，无意中回头，竟然看到了菡。菡或许早就应该看到了我吧，只是她不知为何没有主动跟我打招呼，而我，竟然也在看到她有些冷漠的眼睛时，尴尬地找不到话说。我只是勉强地说："哦，你也来吃饭了。”而菡,也客气地回复一句:“嗯,突然想吃餐厅的饭了。”

我想菡其实想说,她想念那些与我午后聊天的时光了,或者,她今天来这里,就是想重温那段美好。可是她终究只是在买饭后看一眼我所处的位置,便扭头朝另一个角落里走去。

那包茶叶,我终究再没有鼓起勇气去拿。

半年后的一天,我无意中听说,菡辞职了。我有些惊讶,并再一次想起了那包未拿的茶叶。这一次,我终于走上楼去,推开了菡办公室的门。我在菡一个同事的帮助下,找到了那包装在质朴纸袋中的普洱。菡的同事在我转身时说:“她一直叮嘱我,如果你来拿茶叶,务必帮你找出来。”

我在那个秋天的夜晚,品尝着菡送我的茶,那样明亮的枣红色普洱,放在透明的玻璃杯里,宛若一泓清澈的湖水。只是,我却用世俗的猜疑,将菡送我的这泓沉郁纯净的湖水,永远地阻挡在了我们本应可以乘坐一叶舟楫,向那花香深处漫游的初始。

人的心意恐怕就是这样被一点一点消磨殆尽的,也是那时候开始一点一点失望的。那珍贵的友谊啊,一去不复返了。

放得下才能快乐

林玉椿

看得破的人，处处都是生机；看不破的人，处处都是困境。

——韦渡

有一个中年人事业有成，却总是郁郁寡欢。他很想摆脱内心的郁闷，让自己变得快乐起来。他很羡慕那些快乐的人，希望能从中找到让自己变得快乐的方法。

于是，他给自己放了假，专门到人海中寻找那些快乐的人。

在乡下，他看到一个骑在牛背上吹着竹笛的牧童，脸上洋溢着幸福快乐的表情。

他问牧童："你快乐吗？"

牧童回答："我很快乐呀。"

他又问："那你是怎么让自己快乐的呢？"

牧童说："每当我心情不好的时候，我都会拿起我的笛子，吹上我最喜欢的曲子，然后我的心情就会好起来，人也就快乐起来了。"

中年人向牧童借了竹笛，吹起了自己熟悉的曲子。可是他仍然无法感到快乐，于是摇了摇头，将竹笛还给了牧童，重新走上了寻找快乐之路。

他在河堤旁的小径上，看到了一个年轻人，穿着运动服，戴着耳机，正陶醉地沿着河堤慢跑，脸上的表情放松而满足。

他叫住年轻人，问："你快乐吗？"

年轻人回答："当然，我非常快乐。"

他又问："你是怎么让自己感到快乐的呢？"

年轻人说："瞧，我一边听着自己喜欢的音乐，一边放松地慢跑，欣赏着河堤上美妙的风景，全身心地放松，所以感到很快乐呀。"

中年人回家换上了运动服，也戴上了耳机，然后沿着河堤慢跑起来。可是他觉得自己的步伐非常沉重，跑了一会儿就气喘吁吁、汗流浃背。他皱着眉头自语道："这简直就是一种折磨，怎么能快乐呢？"

中年人百无聊赖地来到公园，看见一位老人正在悠闲地打着太极拳，脸上始终快乐地微笑着。

他问老人："你快乐吗？"

老人回答："当然快乐！"

他又问："那你为什么会觉得快乐呢？"

老人说："我在打拳的过程中，感到身体保持着健康。而且，公园里鸟语花香，人沉浸在这么美好的环境中，怎么能不快乐呢？"

中年人叹了口气，说："可这是多么地浪费光阴呀。现在有多少人正在竭尽全力地奋斗着，自己稍有松懈，就会被别人超越。家里孩子的读书和就业问题，也都让我感到无比揪心，真是担心一代不如一代呀……"

老人呵呵一笑，说："你什么都放不下，又怎么能快乐呢？"

其实家家都有本难念的经，每个人都有自己的人生烦恼，万事如意那只是理想和祝福。但有的人却能始终保持快乐的心情，那是因为他们放得下烦恼，能够释放自己的压力。有的人却总是闷闷不乐，那是因为他们把任何事情都看得很重，患得患失。所以，要想做个快乐的人，必须看得开、放得下。

生活的包袱，越背越沉重。及时地放下那些沉重的心理负担就可以轻松上路，我们需要时时刻刻为自己减压。

首富的谦逊

朱国勇

不辞小水，方能成就海洋；不积小善，无以圆满至德。

——释星云

2010年3月11日，福布斯全球富豪排行榜发布，墨西哥电信老板卡洛斯·斯利姆·赫鲁以535亿美元的身价登上首富宝座，而曾经连续13次成为全球首富的美国人比尔·盖茨则以530亿美元的身价屈居第二位。

消息传来，墨西哥国内一片欢腾。许许多多的媒体记者蜂拥而至，聚集在墨西哥城郊的卡洛斯·斯利姆·赫鲁的豪宅门外。两个门卫不停地说着："对不起先生们，赫鲁先生一向不喜欢接受采访。不好意思……"

然而，这些记者怎么舍得轻易离开呢！他们纷纷嚷着要面见赫鲁先生。

正在这时，赫鲁先生的管家从宅内走了出来："尊敬的朋友们，赫鲁先生正在花园里等着大家。欢迎采访！"

管家的话还没说完，门外已是一片欢腾。

花园里，年近七旬的赫鲁先生正坐在躺椅上，慈眉善目，笑容浅淡。记者们一拥而入，纷纷抢占有利位置，闪光灯开始不停闪烁。

"赫鲁先生，此次摘得全球首富的桂冠，您有什么感想？"

"赫鲁先生，您对当前全球的经济形势有什么看法？"

"……"

赫鲁先生轻轻抬起手来，示意大家不要说话。人群马上安静下来。

"感谢各位的光临，但是，我真没有什么好说的。我让大家来，只是想借此机会告诉大家，真正的首富并不是我，而是比尔·盖茨先生！因为在过去的五年里，比尔·盖茨先生一共向社会捐出了240亿美元的个人财富。要不然，他的财富会远远超过我。而我，这次被评为新的首富，只能说明我为大家做得还很不够。对此，我感到十分遗憾。”说完这些，赫鲁先生转身缓缓离去。

现场短暂的一阵沉默之后，响起了雷鸣般的掌声。

这，就是世界新首富的坦诚！这，就是世界新首富的胸襟！

其实，最近几年赫鲁先生同样热衷于公益事业。他出巨资改造墨西哥城，还向贫困儿童免费捐赠9.5万辆自行车，9万副眼镜，并为15万名大学生提供奖学金……然而，这些他都没说。他只说我对大家做得还很不够”。

一个人，不管他拥有多少财富，也不管他为大家付出多少，只要他的内心始终坚持“我为大家做得还很不够”，那么，不管他走到哪里，都会是一位成功的人，都会是一位受大众欢迎的人！

谦虚是很好的品质，一个虚怀若谷的人，什么时候都不会想要停止向前的脚步。

不当孩子的面羞辱他的父亲

痴情小木子

对人来说，最最重要的东西是尊严。

——普列姆昌德

台湾广告界教父孙大伟每天都要自己开车去上班，有时他的助手也会顺道搭车一起去。

有一天清晨，孙大伟接到助手后，径直前往公司。在经过一个十字路口的时候，还有几秒就红灯了，为了赶时间，孙大伟想提速通过。可就在这时，路左边忽然冲出一对闯红灯的父子，孙大伟赶紧踩下急刹车，虽然有安全带的保护，他的头还是撞在方向盘上，孙大伟很气愤，捂着头伸出车窗，大声骂道："你眼瞎啊？没看见是红灯吗？不要命了？"那人自知理亏，没有说什么，领着儿子仓皇而去。孙大伟开着车继续向前，可刚走一会儿，他就赶快调头，追上那对父子，孙大伟下车走到那对父子面前深深鞠一躬，然后说："抱歉，请原谅我刚才的失礼，对不起。"说完，返回车上，匆匆前往公司，助手不解地问："明明是他闯的红灯，是他的不对，你为什么还要道歉？"

孙大伟说："我刚才骂他是因为当时太危险了，我没有控制住自己的情绪，还是我的修养不够啊。他闯红灯固然是不对的，但你有没有看到他身边的孩子，当着孩子的面羞辱他的父亲不是一个有修养的人应该做的，如果孩子就此认为他的父亲是一个懦弱的人，这会在他心里留下阴影，影响他的健康成长。"

著名作家罗曼·罗兰曾说："没有伟大的品格修养，就没有伟大的人，甚至也没有伟大的艺术家，伟大的行动者。"孙大伟的道歉展示了他的良好的道德修养，成就了他广告界教父的地位。

我们需要在孩子面前保留父亲的尊严。恐怕在任何情况下，没有比尊严更为重要的事情了。

谁是你的贵人

庐江布衣

你自己就是生命中最重要的贵人。

——谚语

那一年，我还小，十三四岁的样子。村里来了一位卜卦的瞎子，母亲为我卜了一卦。瞎子说我少年多磨难。母亲听了，一脸的紧张。好在瞎子接着又说，不过也不要紧，关键时候会有贵人相助的。

在我清澈而懵懂的眼神中，从此有了一份默默地期盼，我等待着一位身着五彩华衣的贵人从天而降，给我带来幸福安康的生活。

然而，这位贵人一直没来。倒是"少年多磨难"让瞎子说中了。父亲突然得了重病，我只好中断学业，来到了一个南方的小城，在一家装饰公司做一名清洁工。公司很大，楼上楼下几十间屋子，随时都要保持清洁，工作量很大。一同做清洁的，还有一位六十多岁的老阿婆。阿婆很老了，因为有个儿子在一个遥远的城市读大学，这才不得不出来打工。累极的时候，阿婆就不住用手捶着自己的腰部。

看到阿婆这么劳累，我真不忍心。为了照顾她，我每天提前两小时来到公司，迅速地打扫好卫生。等到阿婆来的时候，我已经做完了全部的工作。阿婆感激地朝我笑笑，然后就拿着抹布一张一张地去擦桌子了。私下里，阿婆跟我说了许多感谢的话，我安慰她说，我年轻，又是庄稼人出身，做这点活小菜一碟而已，边说我边挺起胸膛扬扬胳膊。阿婆便慈眉善目地笑了：真是个好孩子。

就这样，过了两年多，我早已长成一个壮实的大小伙子，再做清洁工不合适了。我便下工地成了一名装饰工人。没多久，阿婆也回家了，听说她儿子毕业了。

工地上，虽然赚钱多点，却比清洁工累得多。常常一天下来，回到工棚往床上一倒，连吃晚饭都不想起来，浑身就像散了架子似的。吃得也很差，几乎不见油腥，才一个多月，我就瘦了一圈。我咬牙坚持着，幻想着有一天，能在这个城市，拥有一块立足之地。

半年后，我生命中的贵人终于降临了。

他姓魏，是公司新来的副总经理，不到30岁的样子，听说还是MBA毕业的。他找到了我，说有一个小工程想包给我干，让我去组织几十名工人。打工的谁不想当包工头，可惜我哪来的启动资金呢？魏经理拍着我肩膀温暖地微笑：好好干！资金问题你不用担心，我让财务室预支给你。

就这样，我成了一名包工头，为了报答魏经理，我严格按照相关规定施工，工程质量完成得很好。一年下来，我的施工队成了公司里最优秀的施工队。魏经理更加照顾我了，一有工程就发包给我。才两三年的时间，我就在这个寸土寸金的南方城市买下了自己的住房。

我非常感激魏经理，一次酒席上，我动情地举着杯敬魏经理："你就是我的贵人，是你改变了我的命运。"

"改变你命运的其实是你自己，要不是你的工程质量过关，我也不敢把工程包给你啊。"他紧握着我的手，眼睛里闪着清澈的亮光，"另外，我还要告诉你一个秘密。还记得那位搞卫生的阿婆吗？我就是她那个在远方读大学的儿子。她一直叮嘱我，要是有机会，一定要好好报答你。"

那一刹那间，我深深震撼了，原来万事皆有因果，根本没有无缘无故的贵人。我一时的无心之举，竟然成就了我的人生。

职场上，生活中，不会有从天而降的贵人，但是只要心存善念广行善举，我们自己便是自己的职场贵人！

没有无缘无故的爱，也没有无缘无故的恨。一切自有定数。你种下什么样的种子，就收获什么样的果实。

开花是草木的权利

余显斌

放下不是放弃，随缘不是随便。

——扎西拉姆·多多《当你途经我的盛放》

每种草木都会开花。如果不开花，对草木来说，就是白活了，白在这个世间走了一遭，也就失去了草木的意义，草木的价值。

开花，是草木的义务，更是草木的权利。

乡村有一句谚语，“只要是草木都会开花”。这话，我有点不信，有些草木就不开花啊，譬如狗尾草，开花吗？当然开，狗尾巴草的花儿一般在夏季开，毛茸茸的穗上，有一粒粒米粒状的黄色或者褐色的花，就是狗尾巴草的花儿。

狗尾巴草在乡村是最多的，河边路旁，田坂地角，无处不在，无处不有。

我的记忆中，狗尾巴草和爬根草，几乎遮盖了小村的每一寸土地，每一处地方。爬根草，乡村叫做金谷兰，这种草生命力很旺盛，在乡村是处于首位的。一星爬根草冒出土面，第二天一早，就顶着一粒晶莹的露珠。在乡村，生命越是旺盛的草，就越是能得到露珠的垂青，我甚至猜测，一定是它们将自己的翠色逼出来，在夜里使劲地逼出来，凝结成硕大的露珠的。因此，如果在爬根草生长的地方行走，在夏日的早晨，不一会儿，鞋子湿透，裤腿也会湿透。一星爬根草生出茎，匍匐在地上，如猎手猎杀野物一般，一寸寸向前延伸着。茎上不远处一个节，节部生出白色的根，很尖，扎入地面，吸取水分，再生出叶子和茎，其过程和母体一样。爬根草的茎向四面延伸，它的扩展也是这样的。

因此，不几天的时间，原来的一星爬根草，就长成了一片。每一根草尖上，夏日早晨，都挑着一颗硕大的露珠，亮闪闪的。远远看去，这片草坪就氤氲着一片水汽，浮荡着一片湿润。到了朝阳斜铺下来的时候，草坪就闪射着七彩的光线，以及光晕，相互交叉着，晕染着，如一个童话世界。

爬根草是扎根生长的，该没有花吧？不，也有，不然爬根草还叫草吗？还是乡村生长最迅猛的草吗？爬根草长到一定的时候，就抽出穗，穗初出时为一根，如蜡心一样，细长细长的。不久，一根裂成四根，每一根上都开满了小小的米粒形花儿，花儿为紫红色，也有粉白色的，不好看，但也绝不难看。尤其到了爬根草开花时，整个草坪一片草穗，一片紫红或粉白色，很壮观。

开花，就一定会结籽的。

狗尾巴草开花有籽粒，我见过。爬根草开花有籽粒，我也见过。只不过它们的籽粒都很小，和细碎的包谷米差不多大。

开花是草木的权利，看来，结果也是的。

青苔也开花，有诗说，“青苔如米小，也做牡丹开”，可是，青苔结果吗？我一直观察，一直观察，始终没有观察出来。我想，青苔的花儿一定结果的，只是太小了，只有它们自己知道，我们不知道罢了。

人类知道的果子，都是对自己有用的，这有点太现实了。和草木相比，人缺乏一种浪漫，一种优雅。

人比草木活得累，活得俗气。

很多草木，按照常规看，是不应当开花的嘛，可是，它们偏要开花，而且开出一些奇形怪状的花，让人见了，惊一乍地喊：“这……是咋回事啊？”这是孤陋寡闻，是少见多怪。

草木咋样就不能开出那样的花儿？谁规定的，哪种草木就得开出人类认为应开的花儿？真是岂有此理？

草木用花儿来证明着自己的独立特行，证明着自己的审美和心思。

葱是最不应当开花的，一根葱管，又不像其它草木那样有枝有叶，甚至都很少带着露珠。再说了，人喜欢的是葱，又不是葱开的花儿。葱不管这些，开，那是我的自由。于是葱就开了，在顶端开出一个伞形花序，细细的簇拥着一些光溜溜的米粒，还开出小小的玉白或紫色的花儿，如一顶王冠。一些蜜蜂见了，竟然也蛮像那么回事地飞去采蜜，嘤嘤嗡嗡的热闹一番，祝贺一番。

蜜蜂是花儿的知己，从不轻视任何花儿。

花儿自己呢，也从不妄自菲薄，不认为自己不如别的花儿，不认为自己开的丑，每一朵花儿，都开出自己的自信，自己的风韵。

柳树按说也不应开花的，人们喜欢看的是柳条啊，于是就在灞桥栽上柳树，在驿路栽上柳树，在水边栽上柳树，就是为了观赏如烟的绿色，欣赏风帘翠幕，欣赏水里绿色倒影。可是，柳树却自顾自地开花了，一点儿也不顾及人类的感受，惹得诗人很不高兴道："杨柳榆荚无才思，唯解漫天作雪飞。"这真有点管闲事了，柳絮和杨花没才思，就不能四处飘扬了？盛开飘扬，是它们的自由，管得着吗？至于榆荚愿意伴着它们一起飞，也是自己的自由：谁还没有几个好朋友了？为什么草木就不行呢？为什么草木的花儿就不行呢？

自由开花，我行我素，是花儿的准则。

因此，石榴花和喇叭花就不一样，碗莲和水莲就大同小异，迎春花和喇叭花的花色形状也稍微不同；鸡冠花和太阳花也各具特色；三角梅和梅花也就相差万里，绝不相同。

开花，是草木的天性，草木的权利。至于想咋开，想开成什么颜色，也是草木的权利。草木的心思不同，爱好不同，追求不同，审美不同，于是，草木世界才会在同样的季节里，同样的雨水中，同样的地土上，长出不一样的枝干，不一样的叶子，不一样的花儿，不一样的果实。

也因此，这个世界才优美着，繁盛着，才丰富多彩着。如果所有草木的花儿都一样，这个世界多单调，多乏味啊。

草木想开什么花、结什么果均是它们自己的权利和自由。人也当如此，放下一些不必要的枷锁，活出自己的风采，均是自己的自由。

心境决定幸福

宋尚明

差不多任何一种处境——无论是好是坏——都受到我们对待处境态度的影响。

——西尼加

早上起床，发现书房里茉莉花又开了，打开门窗，房间里流转着浓浓的茉莉花香。我从那盆花的面前走过，那些白色的小花朵，朝我点头笑了一下，又兀自美丽去了。仿佛并不在意，有没有人欣赏它。

清晨7点之前，我习惯打开电脑，一边听散文朗读，一边在阳台上浇浇我的花。对我来说，这个时刻是一天里最美好的，我细细地体会着生命、岁月、花香，尽管时间很短，是那么匆促，我却奢侈地拥有着。正因为短暂，所以我快乐，我感觉自己是幸福的。

其实每天的天气并不都是晴朗的，有时也阴云密布，想一想那铅灰色的凝重的天空，你就知道有的人心情是怎样的了。但我每个早上，皆因重复着这些事情而快乐着，我用知识弥补着心灵的空虚，用悠闲缓解着时光的匆促。我给自己倒一杯茶水，茶叶只放了几枚，看它们在杯中悬浮，仿佛和我一样陶醉。

听过这样一个故事：一个小姑娘住院了，心情总是不好，但当她看到邻床一位老大娘病得很重，精神却很好，对自己的病状很看得开，不由疑惑了。她发现，那位老人经常往窗外张望，一边张望一边若有所思地发笑。有一天，她对呆呆出神的小姑娘说，你看啊，外面的景色多美啊！于是，老人向小姑娘描述窗外的情景。那窗外的情景可真美啊，在老人的描绘里，有情节、有画面,有说不尽的好笑的事情。老人讲着讲着,把小姑娘感染了、逗笑了。

有一天老人出院了,小姑娘要求搬到那位老人空出的床位,等小姑娘搬过去,起身向窗外探去,外面的一切令她大吃一惊,原来,那里哪有什么美丽的景色?只不过是紧邻了一堵黑黝黝的墙而已。心情的好坏,不是天气也不是身外原因造成的,决定心情的只是你自己,只有你自己,才能调控或保持心情的好坏。

茉莉花又开了,又有几朵也谢了,我用纸杯接水浇它,水落在叶子上,叶子轻微地抖了一下,自然,落了水的叶子更油亮了。然后关了门,上班去。花的美丽,其实只来自一杯水。

这是我的一天的开始,多么平常的清晨啊,然而这个早晨的空气,是因为我的好心情而更加清新、充沛的。同事说,你有一个好心情,所以今天真漂亮。是的,好心情,是一杯茶,一朵花,一份尽心的工作,它不在意有没有人欣赏,不需要太多的喝彩和掌声,简单了,心情才好。如此,心静一点,简约一点,每天心中都有一轮新鲜的太阳,每天都有一份美好的心情,又何尝不是一种美丽与幸福呢。

如果改变不了所处的环境,那就改变自己的心情吧,心情好了,什么都是顺眼的,什么都是美好的。

亲情比成功更重要

文小圣

亲情是甜美的乳汁，抚育我们成长。

——高尔基

那年，著名导演李安构思要拍一部叫《卧虎藏龙》的影片，他首先想到的男主角人选是“功夫皇帝”李连杰。于是，他找到李连杰，跟李连杰详谈了自己影片的构想。听完李安的介绍后，李连杰对这部影片也充满了兴趣，答应出演男主角。

李安从一开始，就打算要将《卧虎藏龙》拍出最好的水平，打造精品中的精品，以冲刺奥斯卡大奖。因此，剧本一改再改，一直推迟了两年，才打算正式开拍。

所有的准备工作都做充足了以后，李安高兴万分地打电话给李连杰：“我要告诉你一个好消息，我们已经全部准备好了，《卧虎藏龙》马上就可以开拍。相信我，这部影片会在全世界走红，会是影坛中的顶尖之作！”

然而，令李安意外的是，李连杰的答复却是：“真是抱歉，我的太太怀孕了，我答应过她，如果她怀孕生小孩的话，我会推掉一年之内的所有工作，专心照顾她。所以，看来我是无缘这部构思精妙的影片了。”

李安愣住了，但仍然不甘心地说：“可这部影片是为你量身订做的呀，如果你不出演，将是多么可惜！我现在全力打造这部影片，我相信只要你出演，一定会使你的知名度得到很大提升，甚至会让好莱坞的眼光都充满惊讶。”

李连杰平静地说：“可是我认为，没有任何成功能够比我的亲情更重要。”

后来,《卧虎藏龙》的男主角不得不改为了周润发。这部影片播出后,立刻引起了巨大轰动,并获得了四项奥斯卡大奖,成为奥斯卡颁奖大会上最灿烂的一道风景。

有人对李连杰说:“如果当时你出演《卧虎藏龙》,在奥斯卡颁奖大会上最风光的人就是你了,但你却错过了。对此,你觉得遗憾吗?”

李连杰摇了摇头,说:“不会,一个人对生命有了解的话,就不会有这样的想法。虽然错过了一个很好的机会,但我体会到了亲情的幸福,这才是最珍贵的。相反,如果当时我不是陪在太太身边,好好照顾她,而是去追逐自己的名利,这才会让我一辈子感到遗憾和愧疚。”

没有任何成功比亲情更重要。事业失败了可以重新再来;一旦亲情丢失了,生活将变得冰冷,任何成功都不再有意义。因此无论什么时候,我们都要把亲情放在事业之前,因为亲情的关爱最值得珍惜。

重视亲情,不要自私,勇于付出,你也会拥有幸福的人生。

我们所做的一切不就是为了让爱自己的亲人过得更好些吗?没有亲人,我们努力给谁看呢?

最高奖赏

李玲

爱是世上的幸福，但幸福并不是爱的全部礼遇。

——劳伦斯

8 岁的小侄子正在摆弄他的新玩具，玩得正尽兴的时候，他 4 岁的小弟弟哭着嚷着要将玩具据为己有，母亲闻声过来："他毕竟比你小，让着点他吧。"将玩具让出的小侄子跑来问我："小姑姑，所有好吃的我已经给了弟弟，为什么还要拿去我的玩具呢？"

他扑闪扑闪的黑眼睛里写满了委屈。

我想和孩子说，他做得已经很好了，虽然他只有 8 岁。

他把自己的压岁钱积攒起来给小弟弟买喜欢吃的糖果和巧克力，从不向家里人提任何他认为会超出我们预算的要求，会在客厅被那个小捣蛋搞得鸡飞狗跳时安静地捡起散落一地的瓜果纸屑。

这样一个懂得隐忍克制、不吝啬分享并且有爱的孩子，不是应该得到更多的关怀和照顾吗？

这件事让我想起了母亲常说的那句话："会哭的孩子有奶吃。"这真是一句至理名言，它容不得你不信，至少它在我们童年的记忆里带有相当大的普遍性。我们的父母大人总是用暂时的给予来求得耳旁片刻的安宁，却无意中一次次中伤了好孩子的心。

长辈们都比较喜欢听话懂事的孩子，但这样的孩子得到的可能只是虚幻的口头嘉奖，而那个令所有人头痛、烦恼、泼皮的孩子也许会受些皮肉之苦，但得到的物质却是实实在在的。

1963年，一个叫玛莉班尼的女孩给《芝加哥论坛报》写信，她帮妈妈把烤好的甜饼送到餐桌上，得到的只是一句夸奖，而那个什么都不干只会捣蛋的弟弟戴维得到的却是一个甜饼。她问，是不是上帝把好孩子都忘记了？

西勒库斯特是儿童版栏目的编辑，十多年来他收到很多类似的来信，却不知道如何回答。正好他去参加朋友的婚礼，新人在交换戒指时，因为激动都把戒指戴在了右手上。牧师幽默地说，右手已经非常完美，还是用戒指来装饰左手吧。

牧师的话使他茅塞顿开。在那封著名的回信里，他这样说，上帝让右手成为右手，就是对右手最高的奖赏，同理，上帝让好人成为好人，也是对好人的最高奖赏。

面对正在长大的小侄子，我该怎样把这个故事说得通俗易懂呢？

对啊，怎么告诉孩子这个比较难懂的道理呢？你已经很优秀了，你的优秀就是上帝对你最好的奖赏，你不需要物质来填补。那些得到物质的孩子，比你欠缺一点优秀，所以才要给些玩具激发他们。

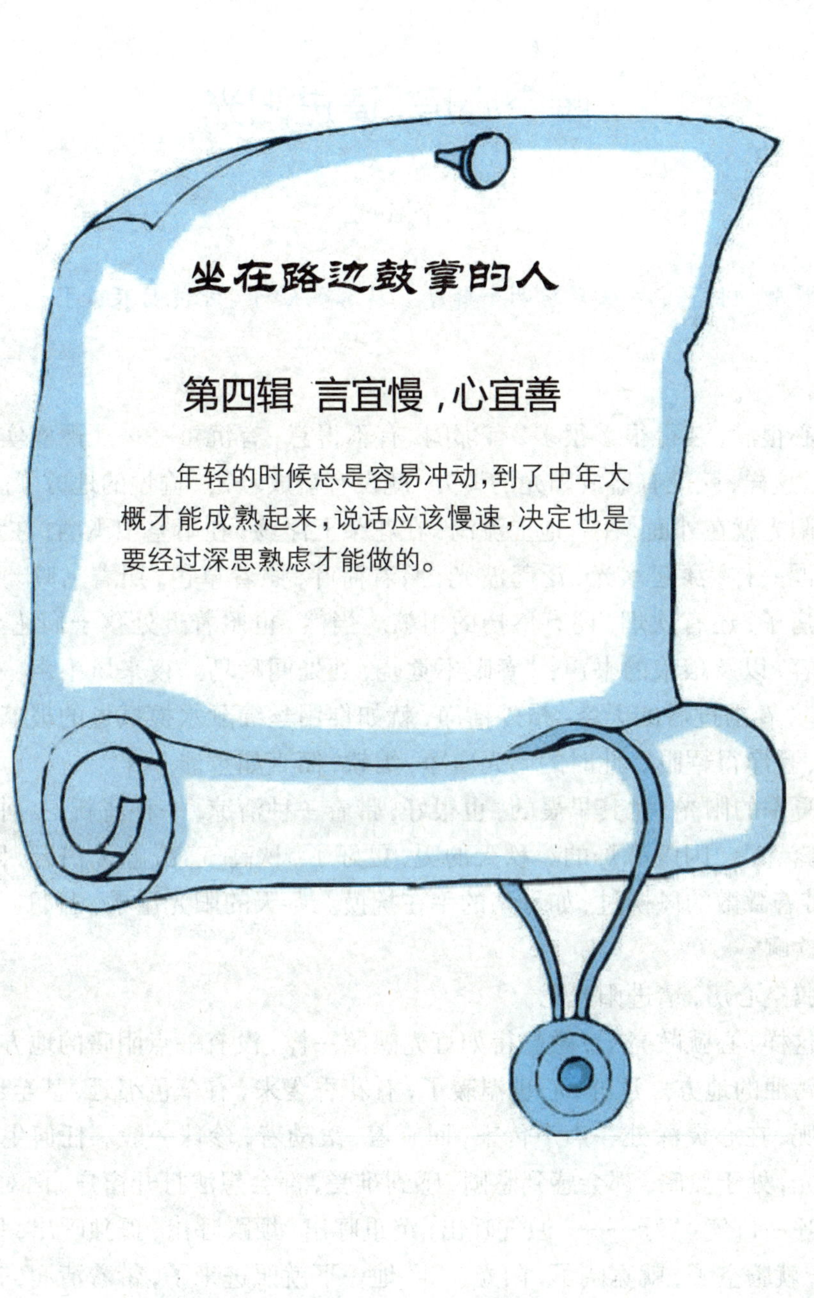

第四辑 言宜慢，心宜善

年轻的时候总是容易冲动，到了中年大概才能成熟起来，说话应该慢速，决定也是要经过深思熟虑才能做的。

腾空心房，请进阳光

余显斌

疾驰的快马，往往只跑两个驿亭。从容的驴子，才能日夜兼程。

——谚语

心很满，装得很多很多，有郁闷，有不得意，有沉重……严严实实的，满满的，这样，就没有盛放阳光的地方，就没有盛放轻松、愉悦的地方了。

阳光就在外面，在草地上流淌；在花朵上浮荡；在晴空中飞洒；在水面上打水漂一样，漾起水光，泛起波光，照着荷叶，照着草色，照着鸟鸣，照着远处的房子，还有炊烟，还有悠扬的山歌。当然，也照着近处孩子们花朵一样的笑容，以及琅琅的书声：“春眠不觉晓，处处闻啼鸟。夜来风雨声，花落知多少。”春雨过后的天空，格外洁净，就如谁用丝绵蘸水擦拭过的玻璃，亮得耀眼，也净得耀眼。此时的阳光白净，绵软，简直如童谣一样。

夏季的阳光，尤其早晨的，也很好，带着一种清凉，一种清新，一种清鲜，照在露珠上，闪闪烁烁的。秋天的呢，更好了，秋高气爽，蓝天白云，阳光出来，带着微微的风拂过，如母亲的手在抚摸。冬天的阳光温柔，温润，谁见了不喜欢啊？

腾空心房，请进阳光吧。

这样，心就敞亮了，敞亮得如灯光映照一样，没有一点阴暗的地方，没有一点污浊的地方。这样，心也温暖了，有花香袭来，有草色绵延，甚至还有鸟鸣声呢，在心灵深处一声声传来，回旋着，滚动着，珍珠一般。任何生命，远离阳光，处于黑暗，都会感到憋闷，感到难受，都会想法打开窗户，面对阳光，深深呼一口气：“吁——”浊气呼出，沉重呼出，烦躁呼出，孤独呼出，里面就净了，就腾空了，就宽阔了，阳光“唰”地一下就照进来了，带着清润，带着洁净，带着温暖，“唰”地一声，心就亮堂了，就透明了，就一尘不染了。此时的心像什么？像水晶，像玻璃，反正，就那么光亮，那么透明。

阳光不远，就在窗外。

慢慢沿着石子路走着，走过小桥，走过亭子，走到那边的石凳上坐下。阳光如洗，真的如水洗过一样干净，浮荡在青草上。草色在阳光下显得格外青葱，格外翠绿，就如翠玉雕琢的一样。阳光照在上面，甚至有点打滑。阳光照在花朵上，不，应该说，花朵沐浴在阳光里，沐浴在温暖中，或红或紫，或蓝或白，散发着淡淡的香味。蝴蝶停在阳光中，偶尔煽动一下翅膀，蝶须上带着阳光的清亮，纤毫毕现，清清楚楚。

这一刻，你的心一定会清鲜鲜的，清风吹起，也刮不起一丝涟漪。

当然，你也可以慢慢走到院子里，走到篱笆旁，扁豆花如蝴蝶，在阳光下翩翩的，好像没有牵绊，呼一下就飞了；喇叭花对着天空，呜啦呜啦地吹着喇叭，花朵里灌满了阳光；就连狗尾草，也在阳光下兴奋地摇着脑袋，好像在和阳光做游戏。

时光真好，岁月无声，都在阳光下熨帖着。包括地面，包括台阶，还有那边流水潺潺的假山溪水，都在阳光下熨帖着，没有一点儿褶皱。

阳光洒过的地方，就那么温润，那么清闲。

腾空心房吧，请进那一片清闲的阳光。

人们总在追寻时光的脚步，却忘记了停下脚步看看周围的风景。适当停下，也许会有不一样的收获和决定。

只有秃子，才能成为秃子的朋友

孔超

世间最平和的快乐就是静观天地与人世，慢慢地品味出它的和谐。

——三毛

今天，我要给大家讲个有趣的故事。

在天津老街，有一条幽深幽深的小巷。青森森的石板，已磨得光亮。路两旁，是高大虬屈的法国梧桐。在这条小巷的东头，生活着一个秃子，姓李，在家排行老三，学名叫李三，但不少人都叫李三秃子。他那颗脑袋，光溜溜的，寸草不生，上面还有一道难看的大伤疤。

这一天，他刚出门，就碰上了邻家的小男孩。这个小男孩六七岁，粉妆玉琢的样子，十分讨人喜爱。小男孩笑嘻嘻的，故意拉长着声音："秃——子叔。"李三眼睛一瞪，做出生气的样子："叔就叔，什么秃不秃的，不准叫！"小男孩也不怕，摇晃着小脑袋："我偏叫，偏叫！"李三乐了，满脸的皱纹都舒展开来。他从兜里摸索出几颗水果糖，往小男孩手里一塞："就数你最顽皮，哪凉快哪呆着去。"小男孩得了水果糖，活蹦乱跳地跑了。

走到巷子口，李三又遇见一个人。巷子西头的王大宝，二十来岁，在不远的修车铺里当学徒。"秃叔，这是要上哪去啊？"李三脸色一沉，不乐意了："你叫你爹叫不叫秃？下回再这么没大没小，我甩你几个大耳光！"见李三真生气了，王大宝忙打躬赔礼："叔，瞧我这嘴，你老别见怪，别见怪。"李三也不理他，重重哼了一声，就出了巷子。

不远处，有个花鸟市场。李三正逛着，忽然听见有人叫他："三秃子"。李三抬头一看，脱口而出："二秃子"。原来是隔壁巷子的张二，跟李三一样，张二那颗脑袋也是光溜溜的，寸草不生。

“走，喝一盅去。”

“走。”

这两人一见面就热乎，手挽着手肩搭着肩亲热得不得了。

喝完酒，李三乘着微醺的酒意，往家里摇晃。刚进巷子，迎面过来一个人，是马老板。这马老板打小跟李三一块儿长大的，这几年做生意，算是发达了。“三秃子，从哪喝酒来？”

“你喊我什么？”李三站稳了身子，硬着脖子质问道。

“切！你不就是秃嘛，叫叫怎么啦？”

“你再叫一声试试！”

“三……哎哟！”马老板那个“秃”字还没叫出口，李三就一拳砸了过去。两人很快撕打在一起。

事后，马老板主动向李三道歉。但是李三，再也不愿搭理马老板了。

故事说完了。下面我要说的是：为什么这四个人同样喊李三“秃子”，但李三却反应迥异呢？对邻家小男孩是喜爱，对王大宝是严厉，对张二秃子是亲近，而对马老板，已经是愤怒了。

其实，这里牵涉到一个心理学上的问题，我在这里估且称它为“秃子法则”：秃子可以原谅弱者的冒犯，却不能容忍强者的挑衅，因为秃子觉得这牵涉到自己的尊严。追根究底，是秃子的自卑感在作祟。面对强者时，秃子会自然而然地产生一种隐秘而强烈的自卑。这种自卑的外在表现，就是过分地维护自尊。

所以我要说：“只有秃子，才能成为秃子最亲密的朋友。”

“秃子法则”告诫我们：不管是面对弱者还是强者，我们都要保持一份平和的心态，对于小事小节，不妨一笑而过。有时候，看似很有骨气地维护了自己的尊严，却恰恰暴露了自己内心深处的自卑。

面对弱者，我们应该以谦虚的姿态应对，给人以尊重。面对强者，我们不妨微微一笑，不露锋芒。

言宜慢，心宜善

孔国辉

上善若水。水善利万物而不争，处众人之所恶，故几于道。

——《老子》

公元前77年春，正逢大汉盛世。山东昌邑城内，酒肆林立，商贾如云，好一派繁荣景象。

太平楼，昌邑城内最热闹的一家酒楼。二楼临窗，一个年轻人穿着青布长衫，面容白皙俊朗，独自占了一张小桌。两碟小菜，一壶白酒。年轻人自斟自饮，不时凝神看着窗外，眉宇间，隐现忧思。窗外，柳色清新，一条小河清粼粼地穿城而过。

这位年轻人姓王名吉，山东琅琊人氏。本是云阳县令，因为通经明事贤名远播，三个月前，被调到昌邑王府中担任中尉，由七品升到了五品，可谓是“平步青云”。

可是，昌邑王刘贺，虽然是汉武帝的嫡孙，却荒淫无度喜怒无常，身边聚集的全是一些溜须拍马的小人。王吉虽然升迁了，但是在这样的主子手下为官，再摊上这么一班同僚，还真说不上是福还是祸呢！

胸中抱负不展，周围人际关系复杂。这次来太平楼，王吉算是借酒浇愁了。

半壶白酒下肚，王吉微微有了酒意。他忽然发现，邻桌有一位老者正微笑举杯向他示意。老者衣衫素净，儒雅亲和。王吉一见就心生好感，连忙趋身请教。

两桌并成一桌，两人谈诗论史，一见如故。转眼间，一壶白酒就见底了。

老者端起酒杯一饮而尽，试探地问道：“小友似有心事？”

王吉听了，默默无语。

老者手捋长须，沉吟了一下，又问："小友现今是从商，还是为官？"

王吉恭声回答："晚生本是云阳县令，一直勤勤恳恳，也小有贤名。三个月前，突然被调到昌邑王府中担任中尉。府中人事生疏，所以有些烦恼。"

老者的眼睛一亮，随即，酣然大笑："你个不必细说，我全明白了。我送你三字，可以保你从此顺顺畅畅。"

"哪三个字？"王吉满脸疑惑。

"言——宜——慢！"老者看着王吉，慢条斯礼地道出这三个字，乌黑的眸子里似有深意。

"言宜慢？"王吉细细地品味着这三个字，若有所悟。

等王吉回过神来，老者已飘然而去，不知所踪。

从那以后，王吉谨记老者教诲，勤于政务，三思而后言。在暗流涌动的昌邑王府中，居然平平安安，数次均有惊无险。

由于低调与勤政，公元前 73 年，王吉被汉宣帝刘询任命为谏议大夫，专门评议政事、弹劾失职官员。此时，王吉成了朝中重臣，位高权重门庭若市。

一个人静下来的时候，王吉常常想起太平楼上的那位老者。一句"言宜慢"，普普通通的三个字，真是让王吉受益匪浅啊。

公元前 67 年，王吉回故乡琅琊省亲，又路过昌邑城。忽然，有位老者自称是王吉的故人，挡在了官道中间，要求与王吉见上一面。王吉走下官轿一看，只见这位老者须发如雪儒雅亲和，正含笑看着自己。

竟然就是十年前，太平楼上的那位老者。

王吉心中大喜，躬身向前，行晚辈礼。

"十年前，太平楼上得前辈一句教诲，晚生可以说是终生受益。"王吉一揖到地，朗声说道，"谢谢前辈教诲之恩。"

老者哈哈大笑，上前扶起王吉："十年前，我送你三个字，已经保你十年顺畅。今天，我再送你三个字，你若能遵从，可以保你一世无忧。"

王吉一听，面色立即郑重起来，轻声问老者："哪三个字？"

老人贴近王吉耳边,也轻声说道:“心宜善!”

声音虽轻,王吉听在耳中,却心中一震,背上冷汗淋漓。

担任谏议大夫这些年来,虽然总体来说王吉还是能勤政为民,但是偶尔,王吉也会党同伐异,擅用职权弹劾政敌。比如说长史赵珞,就因为与王吉政见不合,被王吉恶意弹劾,最后被罢官归乡,不久就郁郁而终。

王吉擦了一下额头的冷汗,抬起头来,只见老者已飘然而去,走出老远。

省亲归来,王吉认真地反省了一下自己这几年来的所作所为,越想越惭愧。

从那以后,王吉就像变了一个人似的。不管什么事,都严格要求自己。言宜慢,心宜善。清正廉明,仁慈宽厚。最终,成为西汉的一代名臣。

据后人传说,太平楼上的那位老者,就是隐居于昌邑的汉武帝时的著名宰相公孙弘。

“言宜慢,心宜善。”这句经典的话,从此就被王吉列为王氏家规代代相传。所有王吉的子孙都要谨听之、慎行之。自东汉至明清,这1700多年间,王吉的后人中,《二十四史》中有明确记载的就有36人被封为皇后,35人成为驸马,186人担任宰相!

琅琊王氏,也因此成为中国历史上最为显赫的家族,被称为中华第一望族!

是啊!年轻时就该“言宜慢”。这样才能深思熟虑少犯错误,从而保护自己谋求发展。而人到壮年,心智成熟、实力雄厚,这时就应该“心宜善”。这样才能少树敌手,泱泱有长者风范,受人尊崇。

年轻的时候总是容易冲动,到了中年大概才能成熟起来,说话应该慢速,决定也是要经过深思熟虑才能做的。

不自由

许冬林

自由只有通过友爱才得以保全。

——雨果

我们无为文联的掌门人，姓倪，生得皮肤白净玉树临风，却奇怪多年没有绯闻。于是，得一雅号：唐僧。

唐僧说话，出口常常酸风阵阵，说不自由！

是真不自由啊，买件衣服都做不了主。

哈……我们笑起来，脑子里立时蹦出一幅可爱的卡通片：五十多岁的唐僧，被老婆牵着领带，荡悠悠给牵到商场，然后站在穿衣镜前，化身成塑料模特，抬臂，放下，拉链拉合，抬起下巴……唐僧仰面看着天花板，神游八方，思接千载。好歹就这一副身架，由她折腾去，不烦神，好像是把自家的家具借给邻居一用，隔日就还回。

我们站在唐僧的对立面，以女人天生的贤惠之心度之，知道那是爱，宠爱。老婆像宠孩子一样地爱着唐僧。

是哦，把我当成了儿子！不自由！到哪里都要问问。在外吃饭，晚上九点前必须像鸡鸭一样钻回竹笼子里。路上躲过了交警，躲不过她。回家要站在门口，哈口气，她是感动家庭人物啊，这么多年查酒驾，兢兢业业，不曾一日闲过。

唐僧继续抱怨。五十多岁的唐僧，在老婆长期的宠爱之下返老还童，活得像个还不曾怀春过的少男，世事懵懂，却也单纯可爱。

一回，上级单位组织出门学习，一行二三十人。唐僧和我同坐一辆小车赶去奔赴大巴，路上他不动声色。等换车上了大巴，刚上去，唐僧就天女散花起来。从裤子口袋里掏出大把大把的木兰花，漫空抛撒，人人都得了花香洗礼，三朵两朵地拿在手上拈花微笑。

哪来那么多的木兰花呀？原来他家的复式楼楼顶养了两大棵木兰花树。花仙子坐上大巴后，一路跟人侃老子，侃《道德经》，把前后几排的人侃得都不敢打瞌睡。才华学识这东西，像兵器一样不怒自威，光是看看挂在那里，光是听听走在上面的风声，就腿软心里发虚。

不自由的唐僧，上班早去晚归，没事就在办公室里写书。有一回，我去那里交材料，是大夏天，看见他坐在桌子边，翘出二郎腿。我忽略掉他的二郎腿，对他中午不在家午睡泡在办公室报以敬仰。他道，在家，老婆吵死人！不自由！就躲到办公室了。

我知道他那是托词，是谦虚，其实他是勤奋，只是牺牲了老婆大人的名望。

每个人有每个人最放松的姿势。唐僧写书，写到浑然忘我，便是把二郎腿翘起来，搭在桌子上，而且还要卷起裤脚到小腿，好像随时要下秧田，表演给公社书记看。

唐僧的书初稿完成后，打印了好几份，散发给我们小伙伴看，嘱咐要找错别字，找到有奖，奖赏一顿饭。我也参与到找错别字的行列，在我忙得披头散发没空洗脸的那段非常时期，我割肉一样割出时间来找。找到后上交，只是没领受那顿饭，暂时记账在心。

不自由哦！不仅不自由，家庭地位还逐年下降。唐僧说，三口之家，先前还排第三，后来沦落成第四。

原来，他老丈母娘从乡下买来一只老母鸡，送来给女婿补身子，老婆不舍得杀，就宠物一样养在楼顶。好吃好喝的，常常忘记唐僧，径直送给了老母鸡。那老母鸡活得阔气，整日贵妃醉酒一般栖居于木兰花阴。每日黄昏，老婆要把那贵妃小心翼翼赶进笼子里，唐僧下班回来，远远退避不敢靠近，连呼吸也堵在喉，唯恐惊了圣驾。

后来，据唐僧说，忍无可忍，起了杀心，趁过节宰掉贵妃，炖汤喝掉，很是解了恨意。至于他的家庭地位，官复原职，回到第三。

但据我所知，唐僧的家庭地位新近又遭贬谪，再次降为第四，并且永世不得翻身了。因为他可爱的女儿又给他添了个更可爱的外孙。唐僧在博客里含蓄宣告升为外公，过后聊天提到此喜，荣耀之余，竟有小忧伤。

升一级了，说明我老啦！这以后更不自由了，祖孙三代来管我。

说着，他坐在电脑椅子上转了几转，艰难忍住没把二郎腿搭桌子上。然后，又跟我刀光剑影地说起老子。我不怕老子。

老子无为。无为，那其实就是最自由的状态。不自由的唐僧，写书，旅行，活得洒然年轻，其实是大自由了。

每个人都多少会向往自由，但总有一些对于自由有强烈渴望的人存在。他们不希望受到任何人、任何事物的拘束，他们不喜欢被人管，他们向往自由远远胜过了别人。

尊重有规矩的人

痴情小木子

不以规矩，不能成方圆。

——《孟子》

抗日战争爆发后，著名文史大师刘文典没来得及与清华、北大等高校师生撤离南下，滞留北平，生活窘迫的他被一家米店老板聘请当私塾先生。

米店老板虽然小气，但也算守规矩，从不克扣店员伙计的工钱，对刘文典也很尊敬。1937 年 7 月 29 日，北平沦陷后，老板为躲避战乱突然举家而逃，好端端的米店扔下了。店员、伙计慌了神，有人提议："发财要趁早，现在老板不在，我们分了钱财作鸟兽散，那可是笔大数目，说不定就是日后的'第一桶金'。"

此时，刘文典站出来说："君子爱财，取之有道，凡事都有规矩，老板以前从没亏待过大家，我们应该尊重有规矩的人。现在我们不能因为没了老板而乱了米店的规矩，大家应该团结起来，将米店继续经营下去，待老板回来我们也好交代。"

众人觉得刘文典说得有理，于是包括刘文典在内的几个人将米店局面给撑起来，使得米店照常运转。半年后，躲过风声的老板终于露了面，此时，米店依然照常

运转，钱、物、账都清清楚楚地完璧归赵。

刘文典此时刚好接到西南联大的通知，要他南下归校。刘文典听到这个消息很高兴，但又有点沮丧，因为他此刻已身无分文，没有上路的盘缠。老板听说后拿出一笔钱给刘文典，老板说：“我不在的时候，多亏了你，不然这米店的规矩就坏了，我尊重有规矩的人，这些钱你拿去当盘缠吧。”

米店老板遵守规矩，不克扣员工的工资，赢得了大家的尊重，使得米店照常运转。刘文典遵守规矩，劝说大家守规矩，继续经营米店，赢得了老板的尊重。生活中，你能遵守规矩，就会赢得别人的信赖，人们会尊重有规矩的人，这样的人，别人才会放心的将事情托付于你。

不以规矩不成方圆。遵守规矩就是信守承诺，一个信守承诺的人，是成功的。这是人格的魅力。

为他人开一朵花

太子光

人之为善，百善而不足。

——杨万里

周一民和林宇是同学，并且一起考进了市一中。在新的学校新的班级里，他们的关系更加密切，而且很快就和班上的同学打成一片。

可是才过了几个月，生性活泼，爱说爱闹的周一民却渐渐被班上的同学孤立起来，谁也不愿意和他多说话，更不喜欢和他玩。有些女生还公开表示对他的排斥。

周一民郁闷，百思不得其解，问题出在哪儿呢？

林宇在班上有极好的人缘，和谁都能愉快地相处，谁有什么事情也都愿意和他分享或倾诉。周一民想不通，他和林宇是好朋友，一起进教室的，可为什么他就那么受欢迎，而自己却处处被人排斥？论长相、论成绩、论口才，自己样样都比林宇强，林宇内敛，平时话并不多，也没有刻意去讨好谁，他是如何赢得好人缘的？

一天晚自习，周一民又和班上一个叫李通的同学吵了起来。两个人都很激动，脸红脖子粗想打架。大家好说歹说好不容易才把两人劝开。但周一民在别人的眼中看到了一种叫“鄙夷”的目光，让他心里很受伤，他还隐约听见有个女生转身走时还不屑地说：“周一民就这副德行，有什么了不起，成天出口伤人，还说我是胖妞，哼！”

“我有出口伤人吗？我好心帮他解难题，搭进时间不说，还落个坏名声。”

周一民愤愤地想。

晚自习放学时，林宇先一步留下了周一民，邀他和自己一块儿回家。其实周一民也正有一肚子话想向林宇倾诉，他心里很委屈，而且他也想向林宇取经，如何做才能与同学愉快交往？

路上，周一民一开口就向林宇诉苦："做人好难，做好人更难，我好心帮他，他不领情就算了，还要和我打架，我真是心灰意冷了。"

"一民，你是不是又说了什么让人挺难接受的话？"林宇问。

"哪有说什么呀？我只不过说了一句玩笑话。我说'你们这些高价生真不该进一中，多为难自己呀！'我是体量他，你知道他中考几分吗？整整比我们少了几十分。"周一民感叹地说。

林宇听后，笑着说："如果你没讲这句，他肯定很感激你的。"

"可我说的是大实话呀，难道我还要虚伪地赞美他几句才行？"周一民委屈地争辩。

"我们不用虚伪地讨好别人。你只要想，如果你是李通，在那种情况下，你最怕别人说你什么话？如果是别人这么对你说，你会接受吗？自尊心多受打击呀！对吗？"林宇说。

周一民愣了愣，不吭声。

林宇搂着有些失落的周一民，继续说："有件事，你还记得吗？就是初中那次数学竞赛，你唯一没得奖那次。"

"记得。那次竞赛我发挥不好，没获奖，杨钢嘲笑我，我和他打了一架。"周一民说。

"那是你第一次打架，对吗？而且你也知道打架的后果会让你丢掉'优秀学生干部'的称号，可你还是打了，而且一点都不后悔，为什么？"林宇意味深长地说。

"谁让他刺激我？伤害我自尊，本来比赛就输了，心里窝火。"周一民撇着嘴说。

"如果他当时对你说'周一民，一次没发挥好不代表你没实力，你依旧是最棒的'，你听到这句话，是不是感觉很不一样？你还会和他打架吗？"林宇问。

"当然不会，不过，我记得这句话好像是你对我说的，不是吗？"周一民浅笑着。

"要不，我们怎么会是好朋友呢？"林宇乐呵呵地说。

"说真的，和你在一起，我总是觉得特别愉快，你说的每句话，我都特别爱听，仿佛是说到我心坎上了，特别受用。"周一民笑着握住林宇的手。

"其实，你的性格比我更好，你乐观、开朗，爱说笑，成绩又好，大家都很喜欢你。但现在别人排斥你，并非妒忌，只是有时候，你的大实话很伤人。"林宇说。

"我真的像别人说的'出口伤人'？"周一民问。

"我相信你从来就没有恶意，但你换位思考一下，你就知道你该不该说那些话。""换位思考？"周一民疑惑地重复了一遍。

"对呀，换位思考，站在别人的角度去想。一句可以伤害我们的话，一样会伤害别人。每个人的自尊心都很敏感和脆弱。我们维护了别人的自尊，就可以赢得别人的友谊。友谊不是靠虚伪地恭维别人，讨好别人得来的，只要设身处地为对方着想，说出该说的话，真诚待人就可以了。"林宇说。

"怪不得你有这么好的人缘，大家都喜欢跟你相处，你是最贴心的好朋友。"周一民诚恳地说。

"你也是，因为你热情、率真，我了解你，所以欣赏。但身边的同学暂时还不了解你，以后了解了，他们也会欣赏你的，只是现在你得学会换位思考，这样才能赢得友谊。"林宇笑着说。

周一民使劲地点点头，眼眸中满是感激。他抬头看看繁星闪烁的夜空，笑了，并在心里告诉自己：为他人开一朵花，学会换位思考，改掉自己口无遮拦的坏习惯，真诚待人，以后也可以像林宇一样赢得同学的友谊。

我们总是学不会去爱护一个人，总是出口伤人，总是不顾及他人，这是不好的，学会真诚，学会理解，这是我们的必修课。

挫折是延期兑付的财富

雨街

卓越的人一大优点是：在不利与艰难的遭遇里百折不挠。

——贝多芬

在我们村村北，有上百亩的乱石滩。“文革”期间，曾响应备战备荒的号召，全都种上了槐树。由于土质贫瘠，加之村里人们常把这些树当柴砍，转眼40多年过去了，一地的槐树没有一棵成材的。去年，我陪一位画家到此写生，他像见了宝贝一般，仅投资10万元，就买下了这块地20年的使用权。

原来，该画家看中的不是这块地，而是在这块地上生长了几十年的树根。后来，我曾见到过该画家用这里挖出的树根加工成的根雕餐桌、花架，还有雄鹰、巨龙、美猴王等工艺品，售价大都上千元，有的竟达上万元。该画家说，没想到吧，正是人们的胡砍乱伐，树没法向上长，它就把劲用在了长根上，加之这里乱石满地，无形中对树根起到了造型作用。这些树根也算是植树者对这个社会延期付出的财富吧！

由此，我想到自己的新闻写作，近年来，先后有十几件新闻作品在国内获得好新闻奖，这何尝不是财富延期兑付的另一种形式呢？

十多年前，我还是一名文学爱好者，小说、散文、诗歌、杂文，几乎所有的文学题材都涉猎过，但成堆成堆的稿件只有一小部分得到编辑的垂青，而大部分则像一次又一次绊倒我的石头，让我时刻饱尝挫折带给我的痛苦。就是这样，我硬是一直坚持到现在而不肯放弃。

后来，我从银行调到了报社，没想到当年打下的文学功底竟有了用武之地。不久，我就写出了《科技骗子走江湖》《划在财富与罪恶上的等号》等一大批读者喜闻乐见的新闻作品，有的作品还被国内多家报纸杂志转载。于是就有人向我取经，问我怎样才能把新闻语言写得更生动，把新闻标题制作得更传神等。我说，这绝非一日之功呀，假如没有这十几年打下的文学功底，我绝对不会有今天的成就。

更让我没想到的是，也许是有了生活的体验，我的文学创作也渐入佳境，我创作的散文作品曾多次在《人民日报》、香港《大公报》、法国《欧洲时报》、美国《世界日报》等多家报纸杂志发表，诗歌作品还被收入《海内外诗选》。《诗的声音——80 年代新诗鉴赏》等丛书，花山文艺出版社、新世纪出版社还先后推出我的《侠女泪》《千娇百媚》《此爱绵绵》《给爱一次机会》等多部长篇小说和诗集。

弗朗西斯·培根曾经说过："正如挫折的恶劣可以让人忘记幸运的存在一样，最美好的财富也会在厄运中逐渐显露它的价值。"所以说，假如我们能学会换一个角度看待挫折与成功，它其实就和延期兑付的财富一样，在适当的时间，适当的时机，一分不少地兑付给你。

那些经历过的挫折，就像我们一直坚持的定期存款一样，你只需要去经历就好，岁月会在一定的时刻加倍返还给你。

奖　错

奇清

开诚心，布大度。

——康有为

比尔·英格利希犯错了。

他是美国联邦航空公司的一名飞行员，一次在飞机降落过程中，客机不知为何突然向上攀升，航速异常，作为新手的他将油门调整至“空闲模式”，他想：这样做，自动油门系统会自行恢复航速。其实，在自动驾驶系统关闭的情况下，处于“空闲模式”的自动油门系统不会控制速度，比尔的这一做法险些铸成大错。

也许人们会为他担心，比尔这下要受重罚了。可是，他不仅没有受到批评，而且还得到了500美元的奖金。

犯错还能得奖，这是美国联邦航空管理局新上任的局长推出的一项制度。局长兰迪·巴比特曾是一名优秀飞行员，而且一直在学习与研究航空管理知识，于2009年担任第16任局长后，人们皆对他寄予厚望。然而，上任后他出台的这一制度令人瞠目结舌。

兰迪规定，凡是犯了错误的飞行员以及地勤人员，只要将所犯错误迅速上报，就可得到200~1000美元的奖励，并且即使致使坠机也不追究责任。这项制度一出台，人们都为兰迪捏一把汗，这样的做法说不定会使得局面不可收拾。

让人不曾料到的是，“奖错制度”却发挥了意想不到的效果！因为这种制度无异于警钟，飞行员及地勤人员总会想到“奖错”，于是就提醒和告诫自己不要犯错，尤其是那些性命攸关的错误。

不过，奖金也毕竟是一项收入，航空业的员工们也不放过未能避免犯下的任何错误，“自我揭露”一时成为风尚。这样，联邦航空管理局收到了2500多项“错误报告”。在一些人眼中，这些也许是一些微不足道的小错误，但经过管理局有关工作人员的梳理、分析，一些新手对相关操作在认识上的错误，可能产生不堪设想的后果。

为了让航空从业者们从这些错误中吸取教训，兰迪让人对这些上报的错误进行整理，从中选择出了有着潜在危险的典型事例，并予以编辑，印成小册子，出售给航空人员。随着“自我揭露”没有止尽，兰迪又创立了一个名叫《航空管理动态》的期刊，航空从业者们纷纷自费订阅，目前国内外的订户已达到18万。

从奖错制度实行以来，虽说支出奖金已达6000多万美元，但由于该制度的“正面引导”，事故发生率大大降低。据初步估算，此项制度实施以来，仅在美国，至少避免了10亿美元的损失。

对于一些特殊行业来说，奖励犯了错的人，不乏是一种大胆与智慧的举措。这种奖错本身毋错，就在于它能让错误资料化作一种正能量资源，从而“以错纠错”，使得员工犯错次数最小化，或者不再犯错误。

奖励一个犯错的人，不仅让他引以为戒，也记住你的恩情，怎么可能不好好努力呢？

再见，仙人掌女生

冠豸

青年时期是豁达的时期，应该利用这个时期养成自己豁达的性格。

——罗素

1

我一直都不明白，这世上怎么会有像张亚飞这样的女生。她那么聪明的脑袋瓜子，怎么说话时就不经过大脑，可以完全不顾及别人的感受，而且语不惊人死不休，句句话语犹如白光晃晃的利剑，直刺得人伤痕累累。

大家刚成为同学时，长相秀美，成绩优秀的张亚飞在班上很受欢迎。虽然她说话傲气一些，但大家并不在意，因为她确实厉害，各科成绩都排在班级前列。课堂上，有什么难题解不出来，最后一个被老师钦点的人，一定是她。就连各科任课老师聚在一起聊天时，都会不由自主地称赞起她是个难得的美貌与智慧并存的女生。但在后来的交往中，她却渐渐成为全班同学最反感的"毒舌"。

班会上，大家讨论问题有分歧时，张亚飞会突然瞪着双眼来一句："你们懂什么呀？废话那么多，在这里谁说了算？"一句话，噎得大家哑口无言，就连老师听后，也一脸诧异。

还有一次自习课，不知张亚飞又和她的同桌争论什么问题，两个人争得面红耳赤，谁也说服不了谁。张亚飞站起身，指着她的同桌大声说："我张亚飞说这样就是这样，你懂？你懂每次还考那么点分数，也不害臊？”同桌的女生，一时窘迫得泪如雨下。一下课，她就去找老师要求换位置，说再也不想与张亚飞同桌了。

那个女生的心情我明白，因为我也被张亚飞伤害过，而且是当着全班同学的面，让我下不了台。

2

那时还是初一，我的一篇参加学校征文的文章被老师推荐给市日报，居然发表了。文章刊出的那天，语文老师特意带来了刊登有我文章的当日报纸，不仅在课堂上表扬了我，还让我上讲台朗读这篇文章。心底欢喜的我却有些害羞和难为情，当着那么多同学的面读自己的文章，多别扭呀！

在我犹豫不决时，同学们的鼓励和掌声给了我无穷的勇气。我刚想站起来，身后却突然传来一句让我难堪得想立马消失的话：“什么好文章呀？都发表在报上了，还怕念出来给我们听？是不是抄袭来的？”不用回头，听声音我就知道说这话的人是谁。

教室里倏然安静下来，我知道所有目光都在盯着我。强忍着，我还是走向讲台朗读了那篇文章。原本愉悦的心情，却因为她的一句话变得糟糕透顶。我恨死她了，凭什么怀疑文章不是我写的？仅仅就因为她的成绩比我好？

在这件事之前，我们之间并无矛盾。她成绩好，每次考试都独占鳌头，我也替她感到高兴，毕竟她是我们班的骄傲。一直以来，我们没说过什么话，可我在心里羡慕她、佩服她。虽然班上有很多同学不喜欢她，说她傲慢，目中无人，还有的说她刻薄，没有人情味，但我从不参与这类评论，我始终觉得她很优秀，是我学习的楷模。我没想到，她居然会当众中伤我。

在朗读文章时，我偷偷地瞥了她一眼，没想到她也正漠然地盯着我，目光寒冷。那冷漠的眼神，让我禁不住冷战了一下，但倔强的我，却故意扬起头，刻意提高音量，声情并茂地朗读自己的文章。我就是要气她，挫伤她的锐气。

因为心有芥蒂，我们成了死对头。

张亚飞依旧一次次口无遮拦，她伤害了很多同学，渐渐地，在班上她就被大家集体孤立起来了。虽然她的成绩依旧名列前茅，但再也没有同学和她交往。

3

看着每天独来独往的她，我都有些替她难过。第一名真的有那么重要吗？与人说话客气些、收敛些就那么难吗？我不知道她瘦弱的身体里到底有多大的承受力？她那张青春、美丽的面孔，真的就挤不出一丝笑容来？

她每天总是第一个到学校，最后一个离开。上课时，她总是目不转睛地盯着黑板，就算教室外面发生了什么事她也不会转头去看。除了写作业外，她就是看书。特别是那次我的文章上了报纸后，我注意到她走出教室的时间更少了，每次课间休息，她都抱着书本在看，或是拼命地在写东西。

学校里时常举行各种比赛。有一次，一个男生参加学校的“历史知识竞赛”获得了第一名，那次竞赛，张亚飞也参加了，但她仅获得第三名。在老师表扬那个男生的时候，我亲眼看见张亚飞一脸沮丧，眼中流露出深深的失落。在大家为那男生鼓掌叫好时，她却趴伏在桌子上，肩膀在抖动，不知道她是不是哭了？我想不明白，没得第一名要伤心成那样吗？冠军往往只有一个，参与了，并且尽力了，就可以。为什么非要得第一呢？再强的人，也不可能面面俱到，每一方面都比别人突出呀。

我想，凭张亚飞那么聪明的脑袋瓜子，她应该想得明白的，但她为什么就不能释怀呢？为什么事事要与人较劲？让自己像只“惊弓之鸟”。心弦紧绷的日子，会过得快乐吗？是否只有得到第一名，她才能得到她想要的快乐？

心底莫名地有些怜惜起她来。望着她渐显疲惫的面容，黯淡的眼神和每天孤单的背影，我都有些难过。这个要强的女生，她终究把自己搞得太累了。她的身边连个分享快乐，分担忧伤的朋友都没有。十四五岁的年纪，她真的就那么不在乎友谊吗？真的就天马行空，无牵无挂吗？有时，我很想走近她的身边，轻声对她说："亚飞，我们大家一起出去玩玩吧！"但一看见她凛然的眼神，我又会退缩。我也有自己的尊严，在被她伤害过一次后，我没有勇气再去自找没趣。

她的书包永远满满的，里面只有书。我们的书包里，时常会装着我们女生喜欢的小饰物，偶尔还会有一两包未开封的零食。她总是孤单的一个人，而我们却呼朋引伴，玩得兴高采烈。见我们大声喧闹时，她会冷不防冒出一句："真是幼稚！"没有人理睬她，大家依旧玩得尽兴。只是我听到她这样说时心里不禁会想，我们天天这样嘻嘻哈哈的，是不是真有些幼稚？但像她那样，是不是也太累了？

望着窗外蔚蓝如洗的天空，我的思绪不由得有些恍惚起来。我不知道这段青春的时光，我们要如何走过才会无怨无悔？

4

升上初二时，班会上选班长。张亚飞得到了前所未有的"唯一一票"，老师惊得目瞪口呆，她怎么也想不到她的得意门生，居然只得到她自己投的那一票。

嘲笑声四起，大家都在窃窃私语，这个傲慢的张亚飞第一次尝到了众叛亲离的滋味。她自己投的唯一一票，像一把尖刀般把她的心割得支离破碎。我看见了她濡湿的眼角和眼中闪烁的泪花。她再不在乎，也难面对这样的情形吧！那段日子里，她高昂的头终于低垂下来，凌厉的眼神变得涣散而呆滞。

老师又来宣布好消息，说张亚飞的一篇散文在省里的征文中获得了唯一的特等奖，市里的电视台准备来学校采访，要同学们帮忙配合一下。"配合啥

呢？我们都不熟悉她。”“得奖是她的事，跟我们有什么关系呢？”同学们嘀咕着，没一个人为她高兴。“这是我们班的光荣，大家应该为张亚飞同学高兴才对呀！”老师兴致勃勃地说。“高兴啥？又不是我们得奖。”一个同学说。“你们怎么能这样对待我们的张亚飞同学？太不友好了吧？”老师见大家反应冷淡，事不关己的样子，有点生气了。“她平时又是怎么对我们的？你怎么不去问问她？”一个男生直言。

老师看着大家，沉默了片刻。这时，张亚飞站起来了，她哽咽着说：“谢谢老师，帮我取消这个采访吧！”说完，她就趴在桌子上小声抽泣起来。我们面面相觑，心底也有说不出的难受。

放学后，张亚飞失魂落魄地走出校门。她的大书包像一座沉重的大山压在她背上，她默然地走着，在晌午的太阳下，她的背影是那么落寞和孤单。我远远地跟着她，心里有种被灼伤后的难过。她确实很傲慢，确实出言不逊，确实不招人喜欢，但她也不应该被孤立，就连快乐都没有人愿意与她一起分享。被她伤害过的事，早已随着时间的流逝而烟消云散了，我不记恨她，只是在心里更加佩服她的才华。想过要走近她，但我找不到走近她的理由和办法。

5

张亚飞穿过悠长的解放路后，径直去了路尽头的祥云公园。公园里树木郁郁葱葱，绿草如茵。晌午的缘故吧，偌大的公园里居然没有人。

张亚飞坐在树荫下，身后有块巨大的石头挡着。一放下书包，她就抑制不住地哭泣起来，“嘤嘤”的哭泣声里充满了委屈。我远远地站着，看见她的双肩在不停地抖动。她委屈?她委屈什么呢?一直以来,她确实是高高在上目中无人,要不,她会是今日这样的情形吗?但我依旧是怜爱她,为她的才华所折服。

她哭得太投入了,没注意到我的出现。走到她身边,把纸巾递给她时,她才看见我。“没看过人哭吗?还跟踪我?”她抹着泪说。

“我……我……”我把纸巾递到她手上,支支吾吾的。

“我什么?看我笑话?”她抹去泪水,冷漠而戒备地盯住我。

我笑了一下,说:“你从来就不需要朋友吗?一个人,活到你这份儿上,也确实该伤心,那么多开心的事都没有人分享。很悲哀吧!”

“我的事跟你有关系吗?我需要你来怜悯吗?”她的语气又恢复到了最初的傲慢。“你确实很优秀,但大家讨厌你,并非是嫉妒你的才华,而是讨厌你冷漠和高傲的面孔。你是个坦率的人,但你的说话方式太直接了,让人敬而远之……”我知道有些话,我是该告诉她了。这个骄傲的女生,她被宠坏了,因为她的优秀,她总是唯我独尊,从不知道什么是尊重。

“你们孤立我,疏远我,不是因为嫉妒吗?我的成绩都是我努力后才得来的,你以为每次考第一,那么容易吗?”她难过地说。

我看着她,难过地摇头,她真的该好好反省了。那天中午,我直言不讳,实在不愿意她一直这样下去。因为欣赏吧,我不希望才华横溢的她过得孤单,她也该在这美好的青春年华里拥有自己温暖的友谊。我想,最终她会明白的。

那天中午,我们第一次像朋友一样坦诚相待,说了很多以前从来不曾说过的话。她开始有些抵触,但慢慢交流下去,聪明伶俐的她很快就明白了。或许是想到了许多过往的事情吧,当我注意她的眼睛时,里面正噙着晶亮的泪花。她默默地看着我,脸上有惭愧的表情,好一阵后才说:“对不起!我从来没想过,自己的话语会给你们带来那么多的伤害……我以前争强好胜,从来不服输,我一直认为,只有让自己强大了,才会赢得别人的赞赏和友情……”她的声音哽咽着,说得断断续续。但我在她的眼睛里,读到了懊悔和深深的歉意。

我以为那次深谈后，我们会成为朋友，可是，我想错了。

6

新年过后，我们开始了初二下学期的生活。可是回到学校时，我却再也没有看见张亚飞。后来听老师说，她父亲工作调动，她也一起转学走了。老师很惋惜这个一直带给她各种荣耀的学生。

班上的同学听到这个消息后，都沉默了。虽然大家一直讨厌她，但当她真正离开，再也见不到时，心里还是有深深的失落，毕竟同学了一年半时间。

我木然地坐着，心里空空的，有种被遗弃的难过。我们曾有过那么深入地交流，我以为那之后我们会成为朋友，以为她听了我的那么多话后，会试着改变自己，得到大家的原谅，让大家重新接受她。

开学一个月后，我突然接到了一封信，信封上写着“地址内详”。从字迹上，我就猜出是张亚飞写来的。确实是她的来信，她让我代她向大家道歉，说她没有勇气当着大家的面说“对不起”！当她知道父亲工作调动的事情后，她就选择了离开。她原本可以留下的，但不知如何面对她曾一次次伤害过的同学，离开或许她才会有新的开始……信写得很诚恳，满满的都是歉意。但我的心依旧痛楚，我不知道，这次的逃离，是否就能给她新的开始？她真的重新审视自己了吗？真的能改变自己吗？

她连地址也没有留，我想，她是想把过往的一切统统都忘记干净吧。但我无法忘记她，心里总会莫名地牵挂她。

不知现在的她，在异乡，在新的学校，是否真的开始改变了，是否已经用她的善良和热情赢得了新的友谊。我想，她会的，她一定可以做到，因为我始终记得那天晌午，在公园里，这个骄傲的女生，她那双满含泪水的眼睛里流露出了深深的歉意和懊悔。

我们一路走来，身边总是会出现那些闪着光芒的女孩子，成绩优异，家境殷实，可是唯一的缺点就是高傲且冷漠。好像浑身长满了刺，别人不能靠近。可是后来她终于学会了怎么与人相处。

齐桓公的独特奖励之道

睿雪

不管一个人多么有才能，但是集体常常比他更聪明和更有力。

——奥斯特洛夫斯基

春秋五霸之首的齐桓公曾被人评价说“能力一般、长相一般、贪财好色、人品很差”，但他有一个优点：会带队伍，会用人才。齐桓公最重用的人才，非管仲莫属。史书上记载，管仲被齐国任用为相后，推行改革，齐国逐渐强盛，成为历史上第一个充当盟主的诸侯。

管仲为齐国作出的贡献是无与伦比的，但奇怪的是，每次管仲做出了成绩，齐桓公第一个表扬和重奖的，不是管仲，而是管仲的启蒙老师，理由是他为国家培养了一个好人才；第二个表扬和重奖的，仍不是管仲，而是发现并推荐管仲的那个人，理由是他为国家发现了人才；直到第三个，才轮到管仲。

为何齐桓公要推行这种“人才排第三”的奖励制度呢？目的很明确，就是要向齐国人民表明自己不拉车没关系，只要培养出或找到能拉车的马，就能走得跟它一样快;自己是不是人才没关系,只要培养出或找到人才,就会过得和他们一样好。齐桓公的治国思维在于当伯乐得到足够的重视,千里马自然就蜂拥而至。

于是,齐国上下尊师成风,敬才成风,人们寻找人才就跟找宝藏一样,但凡有点才华的人走在街上,人人都向他鞠躬,人人都喜欢跟他交朋友。由此,齐国人才辈出,国家也越来越强盛,最终成为中原第一个霸主。

自己的力量总归是有限的,靠自己去挖掘人才是很困难的,可是如果发动群众去挖掘人才,那就容易得多了。

敬畏和无畏

念珠

只有我们拥有对于生命的敬畏之心时，世界才会在我们面前呈现出它的无限生机。

——史怀哲

一个食品公司要招聘营销主管一名。经过层层考核之后，只有A、B、C三名年轻人闯进了最后的面试。在面试中，主考官给这三个年轻人出了一道很简单的题："现在，我扮演你们的对手，请你们轮流过来打我一巴掌。"A和B你看看我，我看看你，不敢上前，只有C想都没想就上前抡起手臂，朝主考官甩了一巴掌。

主考官被打完，就发话了："好的，C，你可以先出去了。"

C出去之后，主考官走到了A和B的面前，分别给了他们每个人一巴掌。被打之后，A摸了摸自己的脸不吭声，B却抡起手臂回打了主考官一巴掌。

之后，主考官叫了C进来，宣布面试结束，公司将录取B。三个年轻人一脸不解，主考官解释说："刚才，你们打我和我打A、B分别是两道测试题。测试前，我已明确说明了我的身份——你们的对手。在第一轮中，C想都没想就按照我的指示打了我一巴掌，这说明他在工作中是一个'主动攻击型'的人，A和B则不是；在第二轮中，我分别打了A和B，A隐忍着，B却还手了。这说明，A是'被攻击型'的人，只有B，是'人犯我，我才犯人'的类型。作为一名食品公司的营销主管，他要与各种各样的对手打交道。在工作过程中，主管既不能像C一样主动去攻击别人，认为'挤垮别人自己就是霸主'，也不能像A一样被攻击了却不懂反击，常年吃别人的亏。”

“只有 B，他的做法最得当。”主考官接着说，“他不去打人，因为心存敬畏之心；他被打之后反击别人，因为心存无畏之心。因为敬畏，才知有所不为；因为无畏，方能有所作为。或许你们会觉得一次面试根本判断不了什么，但我要告诉你们，一个人的本能反应恰恰是他性格特点的表现。能够闯到最后的面试，我相信你们的专业能力都不相上下。在这个时候，公司肯定首选性格最适合的那位作为营销主管！所以，B 是最佳人选！”

正所谓人不犯我，我不犯人。用在职场上真的再合适不过了。在被攻击了以后依然不吭声的，别人就会变本加厉，还手不仅仅是为了利益，更是为了尊严。

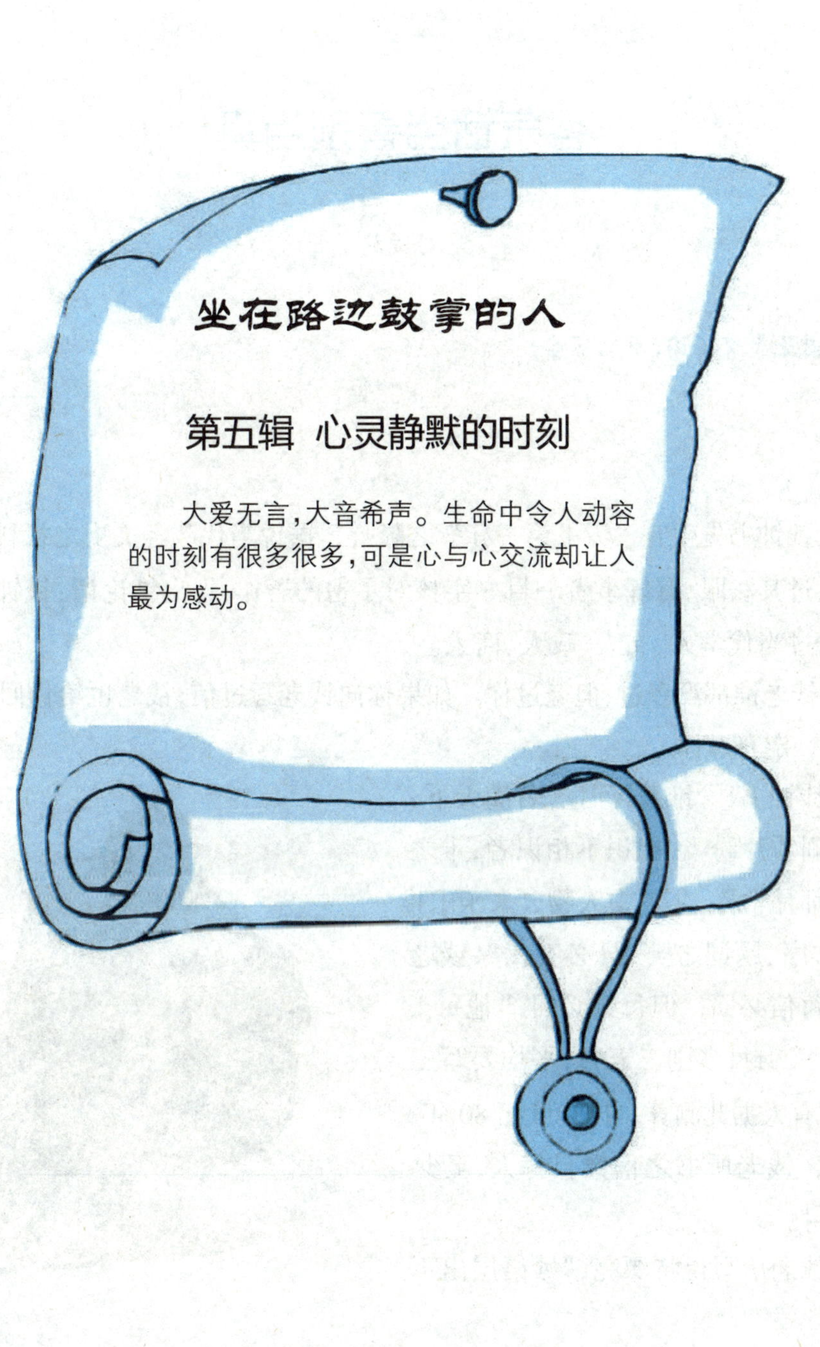

坐在路边鼓掌的人

第五辑　心灵静默的时刻

大爱无言，大音希声。生命中令人动容的时刻有很多很多，可是心与心交流却让人最为感动。

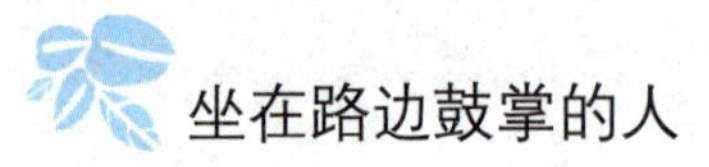

客气话当善别当真

刘诚龙

君子上交不谄，下交不渎。

——《易经》

钱钟书先生有“天下第一狂”之隆誉，据说当代政经文史之社科界没谁入过其法眼，有好事者一目一字核对了他的著作，得出结论谓：钱钟书不曾夸过当代学人、文人、政人、商人。

钱老谁都没夸过，但夸过你。如果你向钱老写过信，钱老也给你回过信，那他一定夸过你。

钱钟书《管锥篇》问世，名满天下，一时间雪片纷飞，相识不相识者，十之八九都是学界、文界中人物，“来函求推荐、作序、题词之类，日必五六”，钱老未必每信必回，但每天必回，“他每天少则一二封，多则三五封，平均要写三封。”有人据此测算，自20世纪80年代后，钱老所书之信数目惊人，至少上万封。

钱老信写得特漂亮，“妙语层出不

穷,智慧与幽默共存”,更兼书法“圆浑自如,已臻化境,赏心乐事,莫过于此。”笔法与书法之外,让人受用的还有钱老对人的高颂与温语。钱老信札起首,便让你通体舒泰,他喊你兄,称你兄台,札尾,落款是弟,或是愚弟。无论阁下年长年少,也不论阁下是贵是贱,信首之所称,阁下都是钱钟书之兄。

阁下是“老大”,钱老是“愚弟”,你不无限受用?生不用万户侯,但愿一识钱钟书。拿一本著作去讨钱老片言只语,那可是点铁成金的。著作成书,尚是瓦罐,若钱老对着瓦罐点了个头,夸了几句,那便是文物了,那瓦罐一般的著作何止红玉带般腰封?更可以如王冠般顶戴了。让钱老夸人,不是说“书道”(钱钟书夸道)之难,难于上青天吗?谁能见过钱老公开表扬过人呢?

钱老没夸过别人,但夸过你。阁下若呈了书去,呈了信去,钱老给你回复,那信里除了高称阁下为兄外,还定然对阁下大著点赞不已。自然,填补空白,独步千古,红楼梦之后就属尊著了……这些话是没有的,但大著好,不错,高见,读之受益……这些词语是用的,有时说不定还是叠加的。

这是那位从来不表扬他人的钱钟书吗?是的。在书上,钱老不拟这些颂语,为什么呢?那是在虚拟世界,书者虚也,书拟即虚拟。虚拟世界作文,可狂,要狂,越狂越招人爱,越狂越有粉丝,越狂越能成为偶像派。在信上呢?对着你的熟人、朋友、亲人、拥趸……你能说我瞧不起你,我不想理睬你,你人你书是狗屎一堆吗?好话不说,坏话也不说,那不就行了?那也是不行的,对人漠视,量你不敢。

文如其人!做人与作文不是一回事。钱钟书没有脱离这个世界,他无法脱俗。他作文精,非一般的精;做人呢,也是深谙其中之道的。狂傲只堪用于远处,能于陌生的他处招揽人气;谦卑必用于近处,在熟悉的地方招徕人缘。有些人只学了钱老作文,没学钱老做人。到后来,文没学到手,人在尘世也没法混了。

钱钟书先生当面夸你,写信颂你,你以为那是真的?20世纪80年代,有次开全国外语教材研讨会,会上有位学人兴冲冲、喜滋滋、得意扬扬对与会人员显摆:“钱老对这书高度赞扬的。”话音还没落,钱老的女儿钱瑗猛然站了起来:“大家别信,我父亲没有推荐过。”大庭广众之下,钱瑗女士这话,顿时置人于尴尬无容境地,气氛凝固,场面尴尬。那位学人回过神来,连忙掏出三封信来,白纸黑字,是钱老写的,字字是好字,都是褒义词。他便自我解窘:“这些字,不是钱老写的吗?”

是钱老写的。钱老著书,从不乱点赞人;但钱老写信,却多信口嘉奖人。阁下呈给钱老的大著,钱老哪有时间仔细读?把书页嗖嗖嗖,银行职员赛点钞似的,翻了其著作,也许算是对人看重了,多半时候,开封都不曾开,束之高阁。据说钱老在信中字字珠玑外,往往都会写上四个字:“容当细读 ” 。这四字说的是,钱老给的赞誉不过是泛泛之语。

信中高誉,未必是钱老真话,只是他的善意。这并不证明钱老待人不诚恳,他那般大家,一刻如一金,谁都来骚扰麻烦他,他哪有时间与精力呢?他在尘世要做人,不能打你脸,叫他怎么办?钱老只能是多说几句客气话。

夏志清先生曾经读过钱老很多信,他发现了两个钱钟书:书著里的钱老,睥睨傲世,飞扬跋扈,逢人使棒;书信里的钱老呢,“待人过分客气了”,“写信太捧人了,客气得一塌糊涂”。

客气话不一定是真话。钱老在私人之书里月旦人物,或许批评他人的多是真心话,但夸奖收信人的,多半是客气话。客气话不是真话,但其释放的,是善意。可以承领这份心意,而当真了,拿出来四处显摆,那可能就讨羞讨没趣了。

钱钟书是真夸过余英时的,余先生却不拿钱老的“语毛”当大师的“令荐”,有人对余英时先生说,“钱老特别欣赏您呢”;余英时却很知趣:“没有没有，那是他的客气话，你知道钱先生也有他世故的一面。他很客气，不能拿他的客气话当真。当然这也不是说他说的是假话，但也不能在这方面真的认真。”

在这方面认真的人，特别是文人与学人，确乎是蛮多的。弄了一本书，弄出了一些动静，然后饭局收获酒桌上醉人的醉话，提携人的题词，然后裱糊，然后示众，然后骄人……便不知道爹是谁，自个儿是谁。遇到小孩，或者可当一回偶像；遇到行家，那便是一个错大了。

我们经常听到这样那样的客气话，可是谁知道那里面包含了哪些隐含的意思呢，所以就把它当作别人的善良吧，千万别当真。

心灵静默的时刻

张文超

一善染心，万劫不朽。百灯旷照，千里通明。

——萧纲

1

她是一位极富善心的作家。一次，她被邀请到一所聋哑学校做讲座。

师生们在礼堂隆重欢迎她的到来。校长用手语介绍了她，台下立即响起一片热烈的掌声。她举起手，示意大家安静，于是师生们停止了鼓掌。但她却没有开口说话，而是飞快地用手语向大家比画着。这让在场的许多人颇为惊诧，因为大家平时都是听她侃侃而谈的，从未听说她还会手语。一时间所有人静静地望着她。不一会儿，聋哑学校的所有师生都颇为动容，连校长都眼含泪花。

作家“讲”完，全场无人鼓掌，所有人的心灵都是静默的。而师生们此时的目光，已不仅仅是最初的敬佩了，因为她刚才说了这样一番话：“亲爱的孩子们，你们生活在一个没有声音的世界里，那么今天，我们就进行一场心灵的对话。请不要奇怪我也会手语，因为我的妈妈也是个聋哑人，我对你们所处的世界感同身受，虽然那里无比静默，却蕴含着我对你们最真诚的爱与祝福！妈妈为了培养我，付出了她所有的青春，现在我是她的骄傲，她也是我的骄傲！而我也相信,你们的父母也对你们给予了无限希望,将来你们一定也可以成才,成为你们父母的骄傲!感谢孩子们,让我们进行了这样一场温馨的心灵之旅,让我们感念父母的恩重如山。请让我们的心灵再静默一会儿,请大家都不要发出声音!”

她的演讲不过十来分钟,但却是一场让人备感酣畅的心灵洗礼。这一段时刻的静默虽然无声无息,但我们分明看到了一颗颗昂扬的心在跳动。

2

她是我的邻居,我管她叫二姨,已经五十多岁了。一年前,二姨夫突发脑溢血去世,然而祸不单行,她二儿子骑着摩托车在回家的路上摔进了沟里,腰骨摔折了。接连的打击,让她痛不欲生。亲友邻居们纷纷去看她,安慰的话说了几箩筐。二姨已经没有了眼泪,一年前哭光了。她不知道自己作了什么孽,要让她的家连遭打击。我母亲和她是从小玩到大的姐妹,所以感同身受,那几天,她总去二姨家帮衬着。

那一次,我去二姨家叫母亲回来吃饭。到了她家,只见她们俩就在沙发上坐着,好一会儿都没说什么话。我不知道她们这样的状态已经保持了多久,还要保持多久,只觉得有我母亲陪着,二姨应该可以快点从痛苦中走出来,所以,我也没说什么就回了家。

后来,我和母亲聊天,问起她是怎么劝的二姨,二姨状态恢复得很快。母亲说,你二姨已经遭受了世间最惨痛的事儿,这些悲惨的事儿都不是语言能够抚平的了。我过去陪她,经常是不说话,就那么坐着。但她却很快明白了,再大的坎儿也得迈。

我在心里佩服二姨的坚强。是啊,她这几年遭逢的变故确实不是几句言语就能安慰的,能有人与她静默地交流,无声地陪伴,反而让她的心迅速得恢复了。在那些静默的时刻里，流淌着的是柔软而又温暖的力量。

3

一次，我陪朋友参加她舅家表妹的婚礼。婚礼在吉林市政府食堂举行，场地虽然不如星级酒店奢华气派，但却布置得温馨浪漫。

婚礼按照预订的步骤一一举行着。当新郎新娘在司仪的指挥下向双方父母鞠躬致谢时，刚才还妙语连珠的主持人说完台词选择了静默，温馨柔美的背景音乐选择了静默，喝彩连连的场下亲友也选择了静默。只见新郎新娘在鞠完躬后，分别和双方父母拥抱——两家人久久地抱在了一起。台下的人都很是感动。

虽然我已经参加了无数个婚礼，也见过了许多类似的场景。但静默的拥抱就是心灵最好的交流，就是两个家庭之间彼此最好的认可。

大爱无言，大音希声。生命中令人动容的时刻有很多很多，可是心与心交流却让人最为感动。

忠言也需顺耳说

冠豸

发自内心的话，就能深入人心。

——尼扎米

林珊一直想不明白一个问题，自己是班长，学习好，对工作认真负责，但班上的同学好像都不买她的账，凡是她提出的建议，往往会遭到同学们一致反对。倒是副班长刘玫有很高的威信，她说什么大家都会踊跃支持，举双手赞同。

刘玫成绩不如自己，就是长相，也比自己差，同样是班长，但为什么大家都喜欢她呢?我们做的事，出发点是一样的，都是为同学们好。原因出在哪呢?观察过很长一段时间，林珊知道刘玫和自己一样，从来不曾刻意讨好过哪个同学。

一天晚自习，值班老师家里有急事先走了，班级纪律由班长林珊负责。老师走后，林珊就把自己的作业搬到讲台桌上，她坐在老师的位置上，很严肃地对大家说："虽然老师有事先回去了，但有我在，你们就必须保持安静。很快就要期末考试了，大家好自为之，如有不懂，可在自习课后来问我。"完全是一副老师的口吻，下面的同学就不屑地嘀咕："有没有搞错? 坐上讲台桌就忘了自己是谁了?""林珊老师，谢谢您的忠告，真是辛苦您老人家了。"……喧闹声，哄笑声此起彼伏。林珊涨红着脸，大声嚷："我是为你们好，真是狗咬吕洞宾。""有没有同学看见吕洞宾在咬狗呀?"一个男生阴阳怪气地说，又引来哄堂大笑。林珊抿着嘴，脸绯红，她强忍着不让自己生气。这时，又一个女生大叫："报告班长，我内急，想去一趟厕所。""真是懒人屎尿多，快去快回。"林珊抬头看是自己的同桌，不快地说。"报告！我也是，大号，想去厕所。"一个后排的男生高声喊叫。班上乱成一团,像菜市场。

看见整个局面失控,刘玫即刻站起来说;“各位同学,我可以说两句吗?”“可以!”同学们异口同声。刘玫平静地说:“张老师平时对我们那么好,大家记得吧。她刚才是急匆匆走的,说明她肯定有什么急事,我们不是刚刚答应老师会认真上晚自习吗?怎能出尔反尔,让老师担心呢?我们不是最反感不守承诺的人吗?所以我们一起帮张老师一次,可以吗?”“可以!”又是整齐的回答。“那我们开始信守承诺,不再喧闹了,大家互相监督,开始!”刘玫笑着宣布。教室里顿时安静下来,没有人再提要上厕所了。

刘玫微笑着朝林珊点点头,坐下了。林珊坐在讲台桌上,心里很不是滋味,她就是想不明白,她也是为大家好,可为什么大家就是不接受?刘玫也不见得有什么高招,可为什么三言两语,她就能把闹成一锅粥的教室瞬间安顿下来?她有什么魔力吗?林珊对班上的同学不支持她的工作一直耿耿于怀,觉得他们是故意捣乱,是歪曲她的好意。心想算了,以后不管他们,反正成绩差是他们自己的事,毕业后谁也不认识谁。在心里,她对刘玫也颇有微词。她想,如果没有刘玫,同学们可能会听自己的。

林珊的同桌是个懒散的女生,贪玩,不爱学习,整日里就知道打扮自己还爱看言情小说。初二的期中考试,林珊名列年段榜首,而她的同桌却是年段榜尾。“和你同桌真是荣幸,每次我们都是‘第一名’。”林珊故意挖苦同桌。“是呀!是很荣幸。”同桌白了林珊一眼,无所谓地回答。“难道你不难过?我都替你感到悲哀。长得倒挺美,就是脑子生锈,肚子里尽是糨糊。”林珊刻薄地说,她是故意的,想用激将法,激起该女生的斗志。她在一本书上看见过一句话:凡是注重自己外表的人,往往都很在意周围的人对自己的评价。

“我肚子里是什么你那么清楚呀?难道你是我肚子里的蛔虫?”同坐撇着嘴说。“每次都考倒数第一,你不觉得丢人?是智商比别人低吗?说话却又这么伶牙俐齿。”林珊加重了语气。“丢什么人?我做过什么丢人的事吗?分数高只代表你成绩好,这和智商无关,和丢不丢人更无关,并且,我要警告你,班长大人,你这是对我进行人身攻击。不过,我会原谅你,因为我比你有涵养。别以为成绩好就什么都好。”同桌说完，扬扬得意地瞟了林珊一眼。

林珊听后气得呼吸加重，两眼冒火，她愤愤地说：“我可是为你好，别不知好歹。我是看在同桌的份儿上才说你，别人我还懒得管。”“谢谢班长大人！让你费心了。但是，请不要借着‘为我好’的幌子来对我进行人身攻击。”该女生一本正经地说完后转身离开了教室，留下呆若木鸡的林珊一时不知如何是好，心里满是委屈。

刘玫坐在不远处，她听到了林珊和她同桌的对话。等那女生离开后，她走到林珊身边，热情地拉着林珊的手说：“别介意，总有一天她会明白你的良苦用心。”林珊苦笑一声，说：“但愿吧！大家好像都不喜欢我，没有人会理解我的好意。”“哪会呢？你成绩好，待人好，对同学一片热忱，大家会明白的。”刘玫说。“我是真的想帮助大家，可是忠言逆耳，谁会接受呢？”林珊沮丧地说。

刘玫看着一筹莫展的林珊，想了想后，说：“是呀，忠言逆耳，何况是处在青春叛逆期的我们。如果能让忠言顺耳说出来，那结果会不会好一点呢？”

“忠言顺耳说出来？”林珊重复着，一脸不解，陷入了沉思。

才一会儿，冰雪聪明的林珊就明白了刘玫的话，也明白刘玫为什么就比自己更受同学欢迎了，是呀，忠言也需顺耳说，只有这样才能被人接受和理解。

虽然说忠言逆耳，但是我们今天来看，学会说话，是不是更能让别人接受呢？

大商无算

千山暮雪

遇方便时行方便，得饶人处且饶人。

——吴承恩《西游记》

1900 年 6 月 16 日，“庚子之变”中，一把大火烧毁了北京前门外大栅栏地区铺户民宅数千家，设在此地的山东瑞蚨祥分店的库存丝绸布匹和来往账目也全部化为灰烬。大火刚灭，瑞蚨祥掌门人孟洛川第一个在废墟上支起帐篷、搭起木板，宣布恢复经营。他还贴出了大字告示：“凡本店所欠客户的款项一律奉还，凡客户所欠本店的款项一律勾销，本店永不歇业！”

孟洛川贴出的告示引得周边顾客议论纷纷：哪有光还别人钱，不讨回自己的债的？孟洛川简直就是傻瓜一个！但是，主动让利于顾客的孟洛川很快就得到了意想不到的收获：那些欠瑞蚨祥银款的顾客各个感激涕零，于是纷纷介绍自己的亲戚朋友来，让他们成为了瑞蚨祥的忠实顾客。

在现代，和孟洛川一样的傻瓜同样不少。但实际上，最大的傻瓜往往就是最明智的商人。

2005 年春节前夕，罕见的暴风雪下了整整 18 天，山东威海市城里城外都被厚厚的积雪覆盖，交通严重瘫痪。威海市各家超市的农副食品出现了断供，影响了市民的生活。在这关乎民生的关键时刻，山东家家悦超市有限公司的董事长王培桓为解燃眉之急，竟然租用了挖掘机，调动自己的物流车队，组织员工用四辆履带车开路，到 80 里以外的蔬菜基地宋村扒开冻土，从菜窖里挖出蔬菜。在暴风雪中，他们把 386 吨蔬菜运进了威海市，给风雪中的威海市带去了一份温暖与祥和。

此时，其他超市的菜价已经涨了10倍以上，王培桓却决定："菜价一分钱都不涨。"一时间，同行们纷纷讥笑王培桓："放着大把的钱不去赚，他真是天底下最大的傻瓜！"

大半个月之后，这场暴风雪终于过去了，威海市蔬菜、水果、肉类的供应没有再出现短缺的现象，价格也渐渐恢复了正常。有趣的是，绝大多数消费者更喜欢到家家悦超市去采购物品。原来，在物价上涨期间，人们感恩于家家悦超市"菜价一分不涨"的善举，所以即使暴风雪停了他们也不惜舍近求远，到这家超市去购物。而拥有了大批的忠实顾客之后，家家悦超市每天都门庭若市，生意异常火爆。

大火烧毁瑞蚨祥，孟洛川为何亏本经营？风雪袭击威海，王培桓为何不涨一分菜价？或许，我们能从孟洛川讲过的四个字中找到答案。

晚年，孟洛川携儿孙登泰山。望着东方冉冉升起的旭日，他的儿子想到父亲纵横捭阖、驰骋商场七十余年的壮阔人生，恭敬地问："父亲，您这一生的经商之道是什么？"孟洛川在东岳之巅沉思良久，出人意料地说出了四个字："大商无算！"

大商无算！是的，孟洛川"无算"，宁愿吃亏也不失仁义，但正因如此，在他的带领下瑞蚨祥发展成为了享誉海内外的中华老字号；王培桓"无算"，白白让出了百万利润给消费者，但正因他善于吃小亏，企业才赢得了顾客的青睐，得以长久发展。

人生难免会吃亏，在特别的时刻不去计较，大度一些，反而会迎来别人的尊敬和认可。这对以后的发展是有好处的。

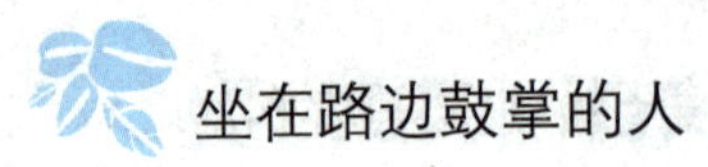

做完好事回报自然就来了

雪雪多多

随其缘对，善有善报，恶有恶报。

——《缨络经·有行无行品》

盛世长城国际广告公司大中华区首席执行官李家舜，被人尊称为“销售大王”，因为他帮助海飞丝、舒肤佳等品牌变成誉满全球的世界品牌。但鲜有人知的是，20多年前，这位销售大王只是公司最普通的员工，而且，他的广告生涯是靠“被投诉”起步的。

李家舜1990年从助理美术指导做起，一头扎进广告圈。一年多后，他从公司的创意部门调到业务部门，负责筹办小型广告活动。

那段时间，公司第一次尝试做“品牌娱乐”，品牌娱乐指广告产业和娱乐产业相结合而出现的一种营销手段。最先和盛世长城合作的是一家音乐公司，该公司希望吸引司机朋友购买他们的CD。于是，盛世长城研究出一个很棒的创意：在香港10个加油站免费派送CD，条件是司机必须加满一定数量的汽油。

音乐公司在盛世长城的建议下，专门制作出一张爱情CD，把张学友和谭咏麟的歌曲串烧在一起，中间夹带一些“情话”，负责筹办这次促销活动的正是李家舜。因为是第一次尝试，盛世长城和音乐公司只制作了5000张CD。没想到，活动举办不到两小时，所有CD就送完了。更糟糕的是，发完CD之后加油站的员工不懂得怎么应对。司机们加满了油，可当他们满怀期待地找加油站索要那张爱情CD时，却被冷冷地告知CD已经发放完毕。

此时，音乐公司也打电话给李家舜，质问他为何那么多客户打来投诉电话。眼看这么好的促销活动就要砸锅，李家舜心急如焚。他当机立断做出一个应变策略：手写了一张“今日 CD 已派送完毕，请司机朋友保留自己的加油单据，一个星期后再来换取 CD”的临时告示。

稳住混乱场面之后，李家舜觉得时间拖得太久会给客户留下负面影响。于是，他到印刷厂印了上百张告示，贴到 10 个加油站。这 10 个加油站遍布整个香港，路程极远，他一直贴到第二天早上。所幸，这个消息很快传到客户耳朵里，他们很感动。更让李家舜没想到的是，音乐公司老板因为他的“挽救举措”，做出一个重大承诺：要长期与盛世长城合作。他说：“一个小员工都能为了减少客户负面影响而牺牲一晚上休息时间，这样的广告公司值得信赖！”

这件事过后，李家舜就升职了。此后的 24 年间，他每做一件事都秉承“认真对待”的态度，一步一步攀升。许多次，别人问李家舜这么多年来有没有感觉自己的付出和回报不成正比时，李家舜这样回答：“做好一件事，回报就来了。所以，在付出时完全没必要去考虑自己应该得到什么样的回报。”

做好一件事，做好很多件事。我们做的好事，上帝会看见的，然后会在适当的时候，会将好多倍的奖励赠与你。

奖励员工制

雪雪多多

公则四通八达，私则一偏而隅。

——薛宣

为了激励公司里最优秀的20名员工，某企业老板在年底制订出了三种奖励方案让员工们挑选：免费度假旅游、奖励平板电视和领取现金。当然，这三种奖励都是等值的。

20名员工很快各取所需，选择了最适合自己的奖励方式。老板认为绝大多数员工希望有选择权，而自己给出了多项选择，员工应该满意了。可事实是，这次奖励之后，公司的业绩反而大不如前了。老板百思不得其解，可就是不知哪个环节出了问题。

直到两个月后老板给8岁女儿过生日，才找到了公司的症结所在。

之前每年女儿生日，老板都是拿钱给妻子，让她为女儿挑选礼物。今年老板突然心血来潮，准备和妻子赛一赛，看看谁挑选的礼物更合女儿心意。为了赢得比赛，老板干脆私下问女儿，问她喜欢什么礼物。芭比娃娃、漂亮衣服还是口琴？老板给出了三个选项。女儿最终满心欢喜地选择了芭比娃娃。

几天之后，答案揭晓了。女儿接到爸爸的礼物时嘟起了小嘴，原因是爸爸购买的芭比娃娃不是最新款的。但接到妈妈的礼物时她一蹦三跳，因为妈妈给她买了一直想学但不敢学的自行车。老板不解地问妻子："我给了女儿多项选择，最终也购买了她最想要的芭比娃娃，可为什么她还是不开心？"

妻子回答说："很简单，我送自行车她事先不知道，这属于惊喜；而她知道你会给她买芭比娃娃，这属于期待。她期待你购买的芭比娃娃会和她想象中的一样，可你没做到，所以她懊悔当初的选择。她的想法是，如果我当初选择衣服或口琴，爸爸可能会买对款式或颜色。”

从这件事里老板恍然大悟：奖励就像送礼物，给了选择会让对方患得患失，不给选择才会营造出惊喜气氛。他也终于明白，最近公司业绩之所以上不去，正是由于自己的奖励方式出现了问题：在让公司优秀员工自由选择的情况下，选了度假的员工会感到自己是以放弃了实用的平板电视和现金作为代价来参加旅游的，旅游回来后看到同事家的平板电视肯定心中不悦；选择平板电视的员工心里可能会觉得去旅游更痛快、领取现金更划算；而当领取现金的员工听完度假同事所讲的见闻后，可能会失落很长一段时间。这样一来，员工们都产生了不平衡的心理，工作起来自然就不那么尽心。

意识到自己的失误之后，老板把原本的“多项选择”激励制度改成了“一季一变”，即这个季度奖励集体旅游，下个季度就变成集体领取现金，力争做到人人平等。果然，员工们抱着“要玩一起玩、要赚一起赚”的心态乐呵呵地接受了奖励，再无怨言。老板对员工的奖励到位了，他的企业也就蒸蒸日上了。

做领导的，最重要的一点就是将一碗水端平，这样让每个人都知道你对待每个人都是平等的，他们是被尊重和认可的，这样，员工积极性就上去了。

向老先生学管理

睿雪

坚定不移的智慧是最宝贵的东西，胜过其余的一切。

——德谟克利特

于景明是某电子公司的老板。最近，他让助手将车间操作的注意事项和安全知识整理出来并制成手册，然后发到每个员工的手里。于景明要求每个员工必须熟记手册内容，并作出规定：公司将在每个季度对手册知识进行考核，合格者可以得到一定数额的奖金。

一个季度过去了，这家电子公司特地安排了一天时间考核员工。没想到的是，有80%的员工没有通过这次考核！于景明气坏了，他想，既然奖励激不起员工的学习之心，那就改成处罚。他打算变更规定：没通过手册考核的员工，扣除5%的工资。不过没过几天，他就打消了这个念头，想出了更好的办法。

原来，于景明从一件事情中得到了非常好的启示。

于景明家住一个清幽小区的二楼。最近，他发现空着的底楼搬进来了一对老年夫妇。于景明一了解才知道这对老夫妇刚退休，儿子为他们购买了底楼的这套房子，想让他们安度晚年。

一天中午，于景明坐在阳台看报纸，突然听到楼下一片嘈杂声。原来，邻居的七八个孩子跑到楼下老先生房间窗户旁的一块空地上，不断嬉戏打闹着。老太太急了，因为老先生此刻正在午睡。她走出去让孩子们到别处玩，但他们离开没多久就又聚集在空地上，继续吵闹。来回折腾几次之后，老太太实在没辙了。被吵醒的老先生却摆摆手说："没事，我有办法，不出五天，这块空地就会恢复宁静。”

楼上的于景明于是起了好奇心，老先生将用什么办法“赶”走孩子呢？

第二天中午，老先生左手拿着几个棒棒糖、右手拿着几个硬币，来到空地上对孩子们说：“小朋友们，看着你们在这儿玩，爷爷特开心。这大冬天的，爷爷不能让你们白逗我开心。来，一人一个棒棒糖，一人一个大钢镚儿，去买好吃的吧！”

孩子们乐坏了。老先生接着问：“那明天你们还来好不好啊？”“好！”孩子们齐声喊完，就屁颠屁颠地走了。

第三天中午，老先生只拿出几根棒棒糖对孩子们说：“对不起呀，爷爷退休金比较少，今天就不能给你们发钱了。来，一人一个棒棒糖！”

第四天中午，老先生空着手走出来对孩子们说：“爷爷必须得告诉你们，因为爷爷比较穷，实在买不起棒棒糖了，所以今天啥也给不了了。要不，你们今天就陪爷爷玩一小会儿？”没想到，几个孩子都不乐意了：“哼！没有棒棒糖，谁愿意陪你玩！”说完，他们全部转身走了。

这真是绝妙的办法！接连几天在楼上看“风景”的于景明不禁佩服起楼下的老先生。他之前接触过一点动机管理学，知道人做事有内在动机和外在动机。内在动机，指人自发地对所从事的活动的一种认知，它直接与活动本身有关，由于做某种事能激发人的兴趣，令人愉快，所以，活动本身就是行动者所追求的目的。外在动机则指不是由活动本身引起而是由与活动没有内在联系的外部刺激或原因诱发出来的动机。内在动机与外在动机的最大区别是前者很稳定，后者不稳定。

于景明运用动机管理学分析了一下，觉得老先生成功“赶”走孩子其实很简单，孩子们因为兴趣喜欢在空地玩，这是内在动机。老先生拿来棒棒糖和硬币时，孩子们的内在动机就被巧妙地转化成了外在动机。而当棒棒糖和硬币消失时，孩子们的外在动机消失了，于是就没了在空地上玩的兴趣。

从这件事情里，于景明明白了一个道理：高明的领导，一定会激发出员工的内在动机，让他们主动去学习。于是他让助手通知下去，以后每个季度的手册考核变成知识竞赛，公司不仅将给予竞赛前10名经济奖励，还将授予他们“优秀员工”的称号。另外，于景明还鼓励员工积极“发现”和“挑刺”，以便于添加和改善手册里的内容。

果然，规定一改，员工的积极性就大大提高了。他们只要一有时间，就会翻出手册读一读，看一看，顺便挑一挑“刺”。这些员工都在公司干了很多年，经验非常丰富，因此他们针对手册提出的意见非常利于公司的发展。这样没过多久，于景明的公司就向前进了一个大台阶。

一个优秀的管理者，总是可以调动起所有员工的情绪，像是在他们身体上注入了活力一般。我们应该学习这种优秀的管理。

两个比萨

李代金

对人来说，最重要的东西是尊严。

——普列姆昌德

詹姆斯喜欢吃比萨，每天都少不了要吃两个。他的办公室里总是放着比萨，家里也总是放着比萨，想吃就吃。当然，不想吃就放着，最终，过期变质了就扔掉。他不缺钱，他只在乎能不能在想吃比萨的时候，就能吃上比萨。他说，生活中不能没有比萨，没有比萨，简直度日如年。同事们都说他是比萨王，说他不应该来公司上班，应该开一家比萨店，这样，每天都可以吃到最新鲜的比萨，还可以享受做比萨的乐趣。

这天，詹姆斯休假，在家里打扫卫生，一个流浪汉翻外面的垃圾，他找出两个比萨给流浪汉。流浪汉喜出望外地接过比萨，道谢而去。第二天早上，詹姆斯开车去上班。路上，意想不到的事情发生了，詹姆斯没开出多远，就撞倒了一个男子。男子倒在地上，露出痛苦的表情，发出痛苦的声音，但詹姆斯却并不认为这是他撞倒的，那是一个转弯处，他开得很慢，男子突然走过来，接着就倒了下去。不过，他还是上前问男子："先生，你不要紧吧？"

男子根本不理詹姆斯，就知道一个劲儿地呻吟。詹姆斯再次问男子："先生，你不要紧吧？要不我打个急救电话？"男子终于开了口："不用！不用！"一边说，一边用力挥手。詹姆斯看出来了，男子没事，不过，他知道出了这样的事，他不能一走了之，于是他问男子这事怎么办？男子让詹姆斯给他一万美元，说剩下的事，由他自己来解决。一万美元？詹姆斯吃了一惊，此时，男子露出了得意的表情，詹姆斯知道自己遇上骗子了。

最近，城里出现了好几起碰瓷事件，詹姆斯的同事就遇到过，这些天，詹姆斯开车都特别小心，没想到，这事还是让他给碰上了。真是倒霉！詹姆斯知道，这事只能由警察来解决了，于是他掏出手机报了警。很快，两名警察就赶来了。警察问话，詹姆斯和男子各执一词，都说自己有理。于是两名警察说调取监控录像，只要看了就一清二楚了。男子一点也不紧张，说道："两位，这里可没有监控录像！"两名警察这才恍然大悟，连连点头。

詹姆斯听了暗叫糟糕，没有监控录像，这对自己很不利，万一男子身上有伤，那自己更是没法说清了。男子知道这里没有监控，显然是有备而来啊！这可怎么办？詹姆斯愁眉不展。男子装出一副痛苦的表情，偷偷地瞧瞧詹姆斯，显然，他已经看出詹姆斯很不耐烦了。男子似乎非常有经验，一点也不着急，他知道在这个时候，谁着急，谁就会输给对方。一时间，事情陷入了僵局，没有监控录像，两名警察也感到束手无策，小声地商量着。

突然，詹姆斯眼睛一亮：转弯处，一个流浪汉坐在那里看着这里，刚才他也坐在那里，他肯定看到了刚才发生的一切。詹姆斯顿时精神一振，对警察说道："我有目击证人！"詹姆斯说着指了指流浪汉。两名警察笑了，赶紧走向流浪汉。接着，流浪汉跟着警察过来了。詹姆斯一见流浪汉就呆住了，他认得他，昨天上午，他还到过他家门口翻垃圾，当时，他给过他两个比萨。此时，詹姆斯万分后悔，因为他给他的是过期的不能食用的比萨啊！

詹姆斯十分不安：虽然他只是一个流浪汉，但他肯定吃出了比萨的味道不正常，肯定埋怨我，现在想让他说句公道话很难！此时，男子又冲流浪汉扬了扬自己的拳头，似乎在告诉他：你可别乱说话，否则我不会放过你！见了此景，詹姆斯便泄了气。就在这时，流浪汉说道："我刚才看得一清二楚，这位先生在转弯的时候，把车开得很慢，不但打了转弯灯，还鸣了喇叭，可是他呢，却还是冲向了小车，还没靠近小车，他就自己倒了下去！"

"你、你……"男子一时说不出话来，流浪汉的公道话，让他再也无法辩驳。詹姆斯终于松了一口气，露出了笑容，一把握住流浪汉的手说："谢谢您！谢谢您！"流浪汉说道："不用谢，我只是说了我该说的话！别人也会这么说的！”两名警察这时也醒悟过来，他们叫男子起来，跟他们回警察局。至于詹姆斯，现在没事可以走了，如果有需要，他们再联系他。等两名警察和男子离去，流浪汉也要走，詹姆斯一把拉住他，叫他别走。

詹姆斯打开车门，拿来皮包，掏出一千美元递给流浪汉，说是感谢他，让他收下。流浪汉却不接钱，说道：“先生，你用不着感谢我，我并没有帮你做什么，我只是说了句我该说的话！”詹姆斯说，要不是你说了句公道话，那么，男子肯定不会放过他，几千美元的赔偿，绝对少不了。流浪汉说：“如果你真想给我什么，那就给我两个比萨吧！”詹姆斯吃了一惊：“你就只要两个比萨？”流浪汉点了点头说：“是的，我就只要两个比萨！”

詹姆斯马上买了两个比萨给流浪汉，他问他，为什么只要两个比萨？流浪汉说：“昨天你给我的比萨过期了，我只想要回两个新鲜的比萨！”詹姆斯连忙向流浪汉道歉。流浪汉说：“给人东西，就要给有价值的东西。自己都不吃的比萨，又怎么能给别人吃呢？昨天那两个比萨，我根本没吃，这两个，我会好好品尝，谢谢您！”说完，流浪汉吃着比萨，走了。詹姆斯呆在那儿，嘴里说：“您说得对，自己都不吃的，又怎么能给别人吃呢？”

给人的东西，千万不要是剩下的，那是施舍，那是嗟来之食。所以，即便是慈善，也要尊重别人。要做有价值的慈善。

让自己光芒四射

崔鹤同

不要追随前人的足迹，去自己开路，并留下足迹。

——乔治·萧伯纳

方涵是一个文静内向的女孩，大学毕业后到一家公司办公室做文秘。她报到后的第一件事是接手公司橱窗板报工作。橱窗板报是公司的脸面和眼睛，其重要性不言而喻。

方涵来后，并没有简单地剪剪贴贴，即从书报上剪些文章、找些照片贴上去就了事，而是认真地设计版面，并且自己深入到各个部门，收集公司最近的动向和新闻，编写报道。幸亏方涵喜欢写作，在校期间还发表过一些文章，在美术方面也有一定功底，否则就犯难了。

方涵起早贪黑忙了几天，生动活泼的文字，配以相映成趣的图画，当她把板报张贴上去的时候，即刻引来人们的围观。同事们交口称赞，有的边看边说："这版面设计得真好！这些文章都是你写的？真不赖！"第一期板报贴出去不几天，公司上下都传开了"新来的一个姑娘很有文采，版面也设计得不错，那板报办的很有水平。"虽然许多人还不知道小方的名字，但大家互相打听，很快就知道了她这个人。

一天，她与公司总经理一起出差去广州。那次他们去与一家中日合资公司洽谈业务。当他们风尘仆仆赶到时，这才发现，对方竟然有几位日本人在场。正在总经理不知所措的时候，方涵竟然主动地同他们用日语交谈起来，看着对方在合同上写下最后一个字，总经理心里悬了半天的石头这才落下了地。这下，她在总经理眼中已不再是仅仅会出板报的大学毕业生了。

转眼国庆节到了，公司团总支部张罗着要搞一次卡拉 OK 歌咏比赛，男主持由人事部总监担任。但是公司女同事不是年龄偏大，就是普通话不好。缺一个女主持，于是团总支书记就找到了小方，小方答应试试。

比赛那天，公司老总和所有中层干部全部到场。小方在大学就是学生会宣传部委员，经常参与组织文娱活动。那天，她发挥得特别好，台风稳重，衣着得体，青春亮丽，落落大方，妙语连珠，和男主持配合得非常默契，活动取得了圆满成功。第二天，就有很多同事对小方说："你昨天的主持很有水平！真的没想到！"

至此，小方在公司上下快成"名人"了。不久，她便被任命为总经理秘书，又担任了团总支部副书记，在公司的前景一片光明。

一个人要有所作为，必须要引起大家的注意，领导的重视；而要做到这点，就必须谦虚谨慎，兢兢业业，在工作中做出成绩。如果你有某种特长，必要时也大胆地"露一手"。如此"登台亮相"，让自己光芒四射，你就会在成功的道路上，阳光普照，高歌猛进。否则，默默无闻，永远生活在黑暗之中，"养在深闺人不识"，很难有出头之日。

一个人默默无闻，适合做奉献的事业，但不适合在职场。我们真的需要在适当的时候表现出自己优秀的一面，让别人看见，让自己发光。

心心念念

段奇清

爱情原如树叶一样，在人忽视里绿了，在忍耐里露出蓓蕾。

——何其芳

有的爱，似乎就是为了让对方放心的。

高中毕业填志愿之前，她心中就只有一所大学——清华。她听说，那年清华大学开始招收女生。可令她没想到的是，当年南方没有名额。她说："没名额，那就等着呗!"母亲说，"哪里能等!"无奈之下她报考了东吴大学。

有时，当你生出一个念头并对其执著时，说不定是冥冥之中就要成全你一件事。那年她虽说没上成清华，可并不等于机会的大门已经关上，可不是，机会之门又向她敞开了一扇窗。

1932年初，东吴大学因学潮停课，21岁的她与三位朋友相约，到北平继续求学。清华大学那时并不招生，他们一起报考了燕京大学并同被录取。后来当得知清华可以借读时，她毅然放弃燕京的学籍，做了清华的一名借读生。她的母亲后来打趣说："阿季的脚下拴着月下老人的红丝呢，所以心心念念只想考清华。"

阿季即杨季康，笔名杨绛，"脚下拴着月下老人的红丝"指的是杨绛和钱钟书的姻缘。"三月牡丹呈艳态，壮观人间春世界"，三月是红成阵、绿成荫，一片生机勃发的季节，也是催动男女之情，让世界平添一桩桩美丽壮观爱情的日子。

正是三月的一天，杨绛和钱钟书在清华大学古月堂门前相见了。如《圣经》中所说："有的时候，人和人的缘分，一面就足够了。因为他就是你前世的人”。杨绛见到钱钟书那一刻，心中似乎幡然而悟：自己一直想上清华，原来只为遇到他。

有人说她是被钱钟书眉宇间的“蔚然而深秀”所打动，应该是一见到他，她潜意识中就有“他就是我前世的人”的想法，钱钟书也仿佛这样想着，于是一种极为有趣的表白脱口而出：“外界传说我已经订婚，这不是事实，请你不要相信。”杨绛立即回应：“坊间传闻追求我的男孩子有孔门弟子‘七十二人’之多，甚或有人说我已有男朋友，这也不是事实。”

还有什么话比这更直白的：“我是自由身，你就放心追好了!”他们第一次见面，好像就是为了让对方“放心”。

从此两人便开始鸿雁往来，“越写越勤，一天一封”，直至杨绛觉出：他放假就回家了，我难受了好多时。是的，他们有写不完的情书，说不完的情话。三年后，两人幸福地牵手走入围城。

结婚不久，钱钟书在一件事上遇到了难处：他想到英国牛津大学深造，可担心自己走后妻子寂寞。杨绛笑了笑说：“为什么要寂寞呢?我可去英国陪读啊!”他沉吟一会儿，说：“好是好，不过你的学业就中断了。”那时，杨绛是清华大学研究院外国语文学系的学生。她说：“只要我去了英国，你也就放心了，我为什么不去呢!”钱钟书见她说得诚恳，灵机一动：“我们可以准备两份学费，你也去求学。”

在英国，杨绛更是一次又一次让他“放心”。钱钟书“书生气”十足且有着孩子般的童心。1937 年，杨绛生女儿钱瑗住院，钱钟书独自住家里。几天后他去医院看望妻子时，低着头一副痴呆的样儿：“我犯错误了，把墨水打翻了，染了桌布。”杨绛说：“不要紧，我会洗。”第二天他又去了，说：“我又犯错误了，把台灯搞坏了。”她说，“不要紧，再去买一个。”一句句“不要紧”让钱钟书放心了。

世界太热，让对方放心，他们要追逐内心的一剂清凉。杨绛有篇散文名为《隐身衣》，文中直抒她和钱钟书最想要的“仙家法宝”莫过于“隐身衣”，隐于世事喧哗之外,陶陶然专心治学。

1942年底,杨绛创作了话剧《称心如意》,在金都大戏院上演后,好评如潮。一天,钱钟书对杨绛说:“我想写一部长篇小说,你说行吗?”杨绛非常高兴:“我支持你,快动手写。”

为了让他放下心来写作,杨绛把家里的女佣辞退了,以通过节省开支,让他少上课多一些创作时间。她担水劈材、生火做饭、洗衣拖地,缝纫制衣……她就是要让自己的汗水化作丈夫的笔下珠玑。两年后,被誉为“一幅栩栩如生的世井百态图”的《围城》问世。

她的这种从富家小姐心甘情愿地成为“灶下婢”的做法让婆婆称赞不已:“笔杆摇得,锅铲握得,在家什么粗活都干,真是上得厅堂,下得厨房,入水能游,出水能跳,钟书痴人痴福。”

为了让钱钟书这个“痴人”真正拥有痴福,杨绛除了平日细心地照料他外,她还有一种担心:不能让自己走在他的前面。“钟书病中,我只想比他多活一年,照顾人,男不如女。我尽力保养自己,争求‘夫在先,妻在后’,错了次序就糟糕了。”

为求得不错次序,杨绛一直严格控制饮食,少吃油腻。要加强营养时,她会买几根大棒骨敲碎煮汤,再将汤煮黑木耳,每天一小碗,保持骨骼硬朗。她还坚持每日早上散步、做大雁功,时常徘徊树下,低吟浅咏,呼吸新鲜空。见自己的身体健康,她对自己放心了。

他们的“放心”是真正的生死相依,钱钟书要是病了,杨绛常常是连续许多天,甚或几十天不离左右地陪伴照顾。当有人劝她回去休息时,她说:“钟书在哪儿,哪儿就是家。”钱钟书吃安眠药,她也吃,虽然她当时并不失眠。杨绛有时吃安眠药,钱钟书也总要陪着吃,说要中毒一块儿中。

好的身体给她帮了大忙,1994年,钱钟书住进医院,缠绵病榻,全靠杨绛一人悉心照料。不久,他们的女儿钱瑗也病了,住进医院。当时,钱钟书住在北京医院,钱瑗住在西郊的医院,父女俩相隔大半个北京城,已是80多岁的杨绛来回奔波,辛苦异常。

钱钟书病到不能进食，只能靠鼻饲，医院提供的匀浆不适宜吃，杨绛就亲自来做，做各种鸡鱼蔬菜泥，炖各种汤，鸡胸肉剔得一根筋没有，鱼肉一根小刺都要除尽。

1997年，被杨绛称为"我平生唯一杰作"的爱女钱瑗去世。一年后，钱钟书临终，一眼未合好，杨绛附在他耳边说："你放心，有我!"让对方放心是内心的沉稳和强大。

钱钟书去世后，为了让"你放心"不打折扣，她更加注意照顾好自己的身体，除了饮食外，还坚持每天在家里慢走7000步，直到现在她还能弯腰手碰到地面，腿脚也很灵活。"钟书逃走了，我也想逃走，但是逃到哪里去呢?我压根儿不能逃，得留在人世间，打扫现场，尽我应尽的责任。"

钱钟书生前曾说过要翻译柏拉图的《斐多篇》，已近90高龄的杨绛硬是将《斐多篇》翻译出来。接着，她要对三人的爱作一个小结，2003年，《我们仨》出版问世，这本写尽了她对丈夫和女儿最深切绵长怀念的书，感动着无数中国人。而时隔四年，96岁高龄的杨绛又意想不到地推出一本散文集《走到人生边上》，探讨人生的价值和灵魂的去向，被评论家称赞："96岁的文字，竟具有初生婴儿的纯真和美丽。"让对方放心是永远保持一颗赤子之心。

杨绛同时还将眼睛盯向了钱钟书留下的几麻袋天书般的手稿与中外文笔记。多达七万余页的笔记由于每一页都留着丈夫的手印，整理它们时，宛然抚摸着爱，抑或被丈夫的爱抚摸着。2003年，被整理得井井有条的三卷《容安馆札记》，以及178册外文笔记得以出版。2011年，二十卷《钱钟书手稿集·中文笔记》也面世。钱钟书地下有知，一定会完全放下心来。

杨绛依然追逐着内心的一剂清凉，生活中的她和钱钟书在世时一样，几乎婉拒一切媒体的来访。2004年《杨绛文集》出版，出版社准备大张旗鼓筹划其作品研讨会，她回绝说："稿子交出去了，卖书就不是我该管的事了。我只是一滴清水，不是肥皂水，不能吹泡泡。"

她还以全家三人的名义，将高达800多万元的稿费和版税全部捐赠给母校清华大学，设立了"好读书"奖学金。为了不打扰别人，90岁寿辰时，她专门躲进清华大学招待所住了几日“避寿”。

北京三里河，一个属于国务院的宿舍小区，全是三层楼的老房子，几百户中唯一一家没有封闭阳台、也没有室内装修的寓所就是已是102岁高龄，仍在其笔耕不辍杨绛先生的家。

她早就借翻译英国诗人兰德那首著名的诗，写下自己无声的心语：“我和谁都不争，和谁争我都不屑；我爱大自然，其次就是艺术；我双手烤着生命之火取暖；火萎了，我也准备走了。”

让对方放心是最真挚最动人的爱，两人携手并肩并非为了炙手可热时，他们爱的乾坤也就堪比日月长。

爱一个人，被一个人爱，都是幸福的。为对方着想，不要让对方操心，是我们爱的最好的方式！

坐在路边鼓掌的人

第六辑 灵魂中一只温暖的猫

每个人心中都该有这样一只猫，它是打不死的小强，更是自己的信念和希望，是坚持下去的全部意义。

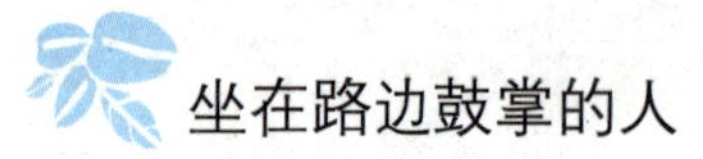

有一种爱，上帝也为之动容

水玉兰

人生自是有情痴，此恨不关风与月。

——欧阳修

这世上的爱情分为两种，一种是烈火，爱到极致，燃烧自己也燃烧对方，精疲力竭时，爱便输给了时间；一种是石头，无声无息，无论时空如何变幻，不离不弃。好像此生就是为一场等待而来。

这爱如磐石的女子就是晚清重臣李鸿章的外孙女张茂渊。

当年，才貌俱佳有着显赫身世背景的23岁女孩张茂渊，在去英国求学的轮船上邂逅了同船留学的青年才俊李开弟。海天一色的背景很容易让人滋生浪漫情怀，果不其然，这对才子佳人，想当然地演绎了一见钟情的的爱情经典。后来，李开弟了解到张茂渊的外祖父竟然是出卖国家利益，与洋人签署《马关条约》的洋务大臣李鸿章。血气方刚崇尚民族气节的李开弟忍痛斩断了刚刚萌芽的情缘。

很长一段时间，张茂渊常常一个人在他们经常去的校外小径上流连。清晨……黄昏……寂寞的身影很是让人心疼。好友不忍看到她就这么煎熬着，为了让她死心，把李开弟订婚的消息告知了她。真是如雷轰顶，半天才回过味的张茂渊含着泪说："不怨他，今生等不来他，我等来生。"轻轻的一句誓言，这个痴傻的女人真的就用了半生的时光来执守。再也没爱过任何人。绮年玉貌在似水流年中一点、一滴消退已尽，可心中炽热的爱却从来也不曾熄灭。

许是感动了上苍吧，十年浩劫反而成全了这个女人的心事。那时候，李开弟被打成反革命，在街道当清洁工人，亲友纷纷与他划清界限。这时候，张茂渊不避不闪，顶着半个世纪的风霜轻轻地向他走来，默默接过他手中的扫把，一下、一下用力地扫着，能说什么呢？岁月沧桑中沉淀下的感情，任何的语言都显苍白啊。

后来，李开弟终获平反，再后来老伴去世，张茂渊也已78岁的高龄。早已是银发如雪，朱颜不再。可这又有什么呢？名利、时光、容颜，所有的一切与他们的爱都无可比拟。李开弟一刻也不愿等待，迎娶了这位为爱执守了半个多世纪的新娘。到场的嘉宾闻知他们的故事，无不涕泪。

天若有情天亦老，遇上这么痴傻的女人，天也无奈啊。终究到最后还是为他们眨了一下慈悲的眼睛。

“纵然万劫不复，纵然相思入骨，我仍待你眉眼如初，岁月如故。”张茂渊数十年的等待，只为等到认定的人，对她来说，这份等待是值得也是幸福的，因为她心中再无遗憾。虽然用了半生才换来圆满的结局，但这份执着也为后人留下了一段爱情佳话。

爱情货车

侯拥华

石榴半吐红巾蹙，待浮花浪蕊都尽，伴君幽独。

——苏轼《贺新郎》

她出山到县城上高中那年，是搭乘他的货车上的路。那时候，他开着一辆东风大卡，虎虎生风，威风极了。一路星辰，一路欢歌。彼此早已是熟识的街坊。

她说，叔，我到县城上学，你捎我一程。

他嘿嘿一笑，“哎”了一声，算是同意。

其实，那时候他也就长她两岁，提前毕了业，开着家里的货车跑运输。辈分只是街坊辈，如果站在一起，或许，还有人以为是兄妹俩呢。

山里人，出趟远门难。何况她是每周都要在学校和家之间来一次往返。他家里的那辆卡车，在她眼里就是宝贝了。

可是，那次的确是他们第一次这么近距离地接触。挤在并不宽敞的驾驶室里，开始，两人还是尴尬了一些时间，沉默一段时间过后，终于耐不住寂寞，才浅言浅语地聊了起来。

山里空寂，这黎明前的黑夜尤其孤寂得吓人。好在多一个人，是一个伴儿。聊着聊着，这一路的漆黑与恐惧就没了踪影。

从此以后，每个周末，他都会把货车停在她所在学校的门口等她放学。待到周一的早晨，他再和她一同上路赶往县城。这样的时光，倏忽一闪，便是三年。

很快，他到了该婚娶的年龄。她则刚刚考上一所大学。他是喜欢她的，她亦然,只是彼此间没有挑明。在一次结伴的途中,他曾试探着说出心里话。他侧目看她的反应,发现她的脸涨得通红,目光里全是羞涩。她没说好,也没说不好。那天,她只是哈哈一笑,说,知道了。

那算是搪塞吗,还是欲言还休的同意呢?他不明白。

再后来,彼此相见,他的内心竟然有了一丝莫名的惆怅。他想,他不过是一个东奔西跑的货车司机,而她,却是令人羡慕的天之骄子。两人的差距,不言而明。两个人会走到一起吗?于是,自卑像野草一样在他心里疯长,一直长出紫色的哀伤与忧愁。他想等她主动显露心迹,要不,他便放弃。仿佛,那次他说的是玩笑话而已,如一缕青烟,一阵风吹过,即散了。

她上了大学后,他再也不用接她送她,这便少了联系。分开后这一段长长的时光,让他更加清醒他们之间的距离,也让他变得更加惆怅。

一年后,他的货车路过她大学所在的城市。他想去看看她,便刻意为她作了停留,临时跑到校园里找她。她从一堆红男绿女中挤出来,随他到外面走走,还陪他吃了一顿晚餐。那天,她还叫他叔,一出口就把他推向了远方。她说,叔,没事儿就别跑这么远了。不过,放假的时候如果路过,倒是可以捎我回去的。他先是心里一凉,接着一喜,便嘿嘿一笑,嗯了一声。其实,那天,他想给她说件事儿。他想告诉她,他娘已经托人给她家提亲了,不知道她什么意见。可话到了嘴边,他还是咽了回去。他害怕从她口中说出那个“不”字。

末了,走的时候,他低着头,给她说了一句:“我娘给我找媳妇了,你怎么想?”她听了,吓了一跳,一副吃惊的样子,脸红红的,说:“好啊,你也老大不小了,也该给我找一个婶子了。”

他说出那句话就后悔了。她说出那句话后也有些吃惊。

走时,她有些心不在焉,而他的心却凉凉的,有冷风在吹。他想,事情果然和他料想的差不多。

再后来,他娘托去的人回话说,人家大人没答应,说等孩子回来再说。他便想,那不过是大人的托词而已。于是,便死了心。

大三那年的冬天,她放寒假回家,天冷得厉害,漫天都是雪花飞舞。他又一次路过她所在的城市，便载着她一同回家。那天，他其实已经决定，回家后应下邻村托人说的婚事。

那天，大货车在弯弯的山路上缓慢爬行。驾驶室外一片雪白。

意外的是，途中，货车突然熄火了。

很快，驾驶室里就冷起来了。其间，他下去修车，又爬上来，一副沮丧的样子。她看见他绝望的眼神，知道他们两人将在这里度过难熬的寒冷之夜。

为了保持体力，他们不再交谈，闭上眼睛听窗外呼呼的风在吹。他看她抖得厉害，把自己身上的棉大衣脱下来，给她披上。后半夜的时候，她裹着大衣从梦中醒来，推了推他，发现他冻得已经不省人事，"哇"的一声，她吓得哭了起来。

她想，他不能死的，这次回家之前，她娘已经电话里给她说清楚了，等她给他一个答复，之前她还犹豫不定，而她现在的答案是嫁给他。

她开始脱去棉衣，紧紧抱着他，试着用自己温热的身体去暖热他僵硬的生命。

天亮的时候，他终于醒了过来。他发现他被她紧紧拥抱着，一缕阳光正打在她的脸上。望着她，他任凭幸福的眼泪在脸上肆意流淌……

那次遭遇，她读出他的深情，他明白了她的心声。

经过生死磨难的人，谁还会将他们分开？后来，他和她结婚了。他还是开着那辆货车载着她天南海北地跑。

那辆货车记载了他们爱情的点点滴滴。

美好的爱情，总是沉默的，在适当的时刻表达出来，然后就在一起了。可是，那是需要岁月去慢慢积累的感情。

走上领奖台的孩子们

凌云

大殿的角石，并不高于那最低的基石。

——纪伯伦

学期快结束了。按照惯例，班级和学校都要对学生进行一次考评，奖励优秀学生。

这是一所普通高中。在全市十几所中学中，排名靠后。进入这所中学的孩子，在各自原来的初中，也大多成绩平平，没有一个出类拔萃的尖子生，尖子生都考上重点高中了。

于是，出现了一个奇怪的现象：一个班级几十名同学，在他们的初中阶段，竟然几乎没有一个人获得过诸如三好学生等荣誉。很多同学，甚至从小学、初中都没有获得过任何荣誉和奖励。原因很简单，他们的成绩一直不够好。而大多数的学校，都是以成绩论英雄的。

一所不起眼的学校，一群不起眼的学生。当然，考评仍然可以照样进行，“三好学生”的指标有，相比较之下，总还是有成绩相对突出的孩子。但这样考评的结果是，大多数成绩一般的孩子，可能在高中阶段继续与各种奖励和荣誉无缘。

新任的校长觉得这不公平。在中学阶段，他自己就曾是一个被公认为成绩不大好又不听话的孩子，因而被各种奖励拒之门外。这让他很长一段时间，觉得灰头土脸，甚至怀疑自己一无是处。

他想改变那种唯分数的考评机制。一个念头，在他的脑海中盘旋：寻找普通学生身上的亮点，只要你有正能量，你就可以站上学校的领奖台。

这个“正能量”就是：你未必成绩最好，但你是最勤奋的；你未必最聪明，但你是最肯动脑筋的；你未必跑得最快，但你是坚持最久的……一句话，你未必德智体全面发展，但你一定有一个最突出的优点或长处。

这个新标准，一下子在学生间炸开了锅。那些一向认为这些考评与己无关的学生，也骤然发现原来自己也是有可能获奖，走上高高的领奖台的。没错，把你的正能量显露出来，你就有机会获得肯定。

一些原本不出挑的孩子，走上了领奖台。

她是一个性格内向的女孩，成绩一般，能力一般，放哪儿都不显眼，她已经习惯了被淹没。她有一个一般人不太明白的特殊爱好，收集水果皮做环保酵素。所谓环保酵素，就是将果皮等新鲜的生活垃圾发酵后，产生的棕色液体，它可以拿来用作清洁剂和空气净化器。因为这个嗜好，她的小房间里，到处都是搜罗来的瓶瓶罐罐，里面装满了她从自己家的厨房，以及水果摊等收集来的水果皮、蔬菜叶子。这不算什么发明，但它却是一个梦想的起端。她为此自豪地走上了领奖台。

从五岁开始，他就接触电脑了，玩过很多游戏。父母太忙，没人管他。沉湎于电脑和游戏的结果是，成绩很差。小学和初中，他都是被作为网络成瘾的问题少年、反面教材对待的。进入高中后，老师发现了他的问题和特点，老师没有批评遏止他，反而给了他一个平台：为学校的电脑网络和户外屏幕制作图文和视频，这使得他如鱼得水。现在，学校的每个角落播放的滚动图文和视频都是他的杰作，他编写的机器人投篮程序获得了全校同学和老师的称赞。他得到了肯定，更重要的是，他的脸上，洋溢着从未有过的自信的笑容。

从小学开始，每年冬天，她都会和妈妈一起看望贫困学生，到敬老院为老人讲故事，帮她们梳头；将自己省下来的零花钱，给孤儿院的孩子买礼物。从小，她就跟着妈妈一起去做这一切。她觉得，为老人、孩子和需要帮助的人做一点力所能及的事，很平常，没必要宣扬。因此，这么多年，甚至没几个人知道她所做的这一切。

这些孩子，他们能够走上领奖台，不是因为他们做了什么轰轰烈烈的事，也不是因为他们特别优异，但他们的身上都有一股积极的、健康的、充满青春活力的正能量，而这股能量是可以传播的，可以影响温暖他人的。

事实上，我们每个人的体内都有一个小宇宙，有着自己的能量。把正能量充分地挖掘释放出来，我们就都是优秀的。

每个人都是优秀的，每个人都有闪光的地方，我们不能按照学习成绩就把这些孩子分出三六九等，这是盲目且荒谬的。

一粒愚蠢的种子

沈岳明

贪婪是许多祸事的原因。

——伊索

16岁那年的冬天特别冷，马上就要过年了，可家里一点年货都没准备。母亲让我跟父亲进一趟城。母亲说：“抓几只鸡去，城里人喜欢吃乡里的土鸡，兴许能卖个好价钱。将鸡卖了，就能买些年货回来，咱们一家就可以高高兴兴地过大年了。”

尽管北风呼呼地刮着，天冷得让人牙齿格格地响，可街上依然热闹非凡，大家都在买年货呢。父亲找了个人稍微少点的地方，让我站在那里卖鸡，他说他去办点事，马上回来。走时，还嘱咐我，一定要按母亲说的价格卖。

父亲刚走，便有一个城里人来买鸡。那人也没还价，便将鸡买走了。我没想到这么顺利便将鸡给卖掉了，而且还是一个好价钱。我在原地站了一会儿，见父亲还没来，便不耐烦了。特别是看到前面围了一圈人，更是耐不住性子要去看热闹。

一圈人围着的是个中年男人，一边挥舞着拳脚，一边向人们介绍自己的武艺。并问是否有人愿意跟他学艺。见半天没人回应，他便用手指着一个年轻人，说：“如果我将武艺传授给你，只要一元钱，你愿意吗？”那人犹豫着说：“愿意。”说完便给了他一元钱。中年男人拿过一元钱后，便对着他的手掌拍了几下，说：“我已将武艺传授给你了，请你拿手用力拍向一块石头，试一下自己的武艺。”

人们惊讶地看到，那个年轻人一掌便将一块石头拍得粉碎。人们纷纷鼓起了掌，我也跟着鼓起了掌。更令人惊讶的是，那个中年男人竟然又将那一元钱还给了年轻人，并说："我传授武艺，并不是为了赚钱，而是为了发扬武术精神，只有那些与我有缘的人，才有资格获得我传授的武艺。"

这时，中年男人再问大家："还有谁愿出一元钱，买我的武艺？"这回，几乎是所有人都大声地问答："我愿意。"当然，我也喊了声："我愿意。"那时，正是各类功夫片播得火热的时候，别说我们这些少年，就是不少成年人也梦想拥有一身好功夫。

中年男人见人家都说愿意，便伸出了手。人们会意，肯定是要 1 元钱。于是，大家一人给了他 1 元钱。中年男人笑了笑，一边将钱还给了大家，一边问："如果我收每人 10 元呢？有人愿意吗？"大家知道他不要钱，于是异口同声地喊："我愿意。"中年男人当即向人家伸出了手，说："愿意就拿来吧。"

开始时，大家还有点犹豫，但一想，反正他也不会真要，于是纷纷掏了钱。中年男人依然笑着将钱又都还给了大家。接着，中年男人大声问："如果我要你身上所有的钱，来买我的武艺，有人愿意吗？"大家都觉得好玩，几乎是想都没想，一齐喊："我愿意。"中年男人再次向大家伸手，说："愿意就拿来吧。"

人家争先恐后地向中年男人掏出了身上所有的钱。中年男人一边接钱，一边对着那人的手掌拍了几下，并交给他一块石头，让他回家后再拍。当然，我也得到了那一块石头，代价是我失去了身上所有的钱。中年男人在收了大家的钱后，从众人犹疑的目光中扬长而去。

中年男人的身影消失之后，大家才回过神来。有人开始对着那块石头用力拍去，我也用力对着那块石头拍去，所有人都对着那块石头拍去。"哎哟"大家一齐大声地喊痛。没人能拍碎石头。有人找到第一个人拍的石头，那是一堆干的碎面粉渣，那个年轻人也早没影了。

"上当了。"有人说。大家吵着、闹着，有人说花了几百元买了一块破石头，有人说花了上千元。我心里清楚，我那几百元卖鸡的钱，没有了。众人陆续散去了。我仍在原地发呆。这时，有人拍我的肩膀，是父亲。父亲说："你怎么跑到这里来了？为什么不在原地等我？鸡卖掉了吗？"

我哭着告诉了父亲经过。我求父亲去将我失去的钱找回来。父亲却说："是你自己愿意跟人家交换武艺的，怪得了谁，拿几百元去换一块大街上随处可见的破石头，看你今后还长不长记性。"其实父亲手里是有钱的，因为他刚刚去讨回了自己一年的工钱。但他就是没买年货，也没坐车，而是和我一起走了几十里路回家的。几天后，父亲才独自去城里购回了年货。

此事虽然过去多年了，但我依然记忆犹新。当年"拿几百元去换一块大街上随处可见的破石头"的行为，就如一粒愚蠢的种子，深深地种在了我的心里，让我要强的心感到了羞耻与悔恨。而正是这羞耻与悔恨，被时光沤成了肥料，滋养着我一天天成长、成熟，让我的脚步走得更加坚实，人生的方向更加明确，目标更加远大。

我其实想说的是另一个层面，跟这个无关。小孩子上当，真的是很无辜的，有时候跟自尊心什么的没有关系。可是现在的很多成年人还是依然会上当，这是为什么呢？记住一句话："世界上没有免费的午餐，没有贪婪，就不会上当。"

只当他们不存在

红韵

唯有自爱、自识、自制，指引人生，才能导出神圣的力量。

——丁尼生

第二天就要进入市残疾人演讲决赛了，一直充当我的教练兼观众的朋友不放心，再次主动来检验我排练的效果。

我当然求之不得，毕恭毕敬地搬了张椅子请朋友坐下来，然后挺胸、静立片刻，开始进入演讲状态。

“各位领导、各位评委、亲爱的朋友们：大家好……”我笑容可掬地向假扮评委和观众的朋友深鞠一躬，刚一抬头，居然发现他拿着手机正在接听电话，是停下来等他听完，还是不管他，接着讲下去？犹豫片刻，我很快稳定情绪，接着声情并茂地演讲下去。

“曾有人问我，你恨不恨造成你双耳失聪的那个庸医？你抱怨不抱怨因为残疾而变得坎坷曲折的命运……”沉浸在自己的讲述中，又忆起刚失聪时的痛苦，我的眼睛不由得湿润了。

讲错了什么吗？我发现朋友突然右手捂嘴，低头偷笑。是我长期听不清，靠看口形与人沟通，说话不清楚令人发笑吗？不会吧，上次朋友还说，“这是残疾人群体的演讲，你的缺陷，大家会理解的。”那是什么地方令他发笑呢？是不是我的头发被电扇吹乱了形状？我下意识地用手梳理了下头发，朋友忍着笑，肩膀轻微地晃动着。我一下子乱了方寸，脸涨得通红。

朋友放下捂嘴的手，调整回严肃的表情，打着手势示意我继续。我深吸一口气后，又开始讲了下去。

“我抓起桌上的杯子，使劲地往地上摔去。玻璃的碎片滚了一地，亮闪闪的，像我伤心的泪滴……”我努力让自己重新投入演讲状态，可一看，天啊，朋友居然离开座位走到堆放办公杂物的阳台上去了。

“哼，不想听拉倒！还有别人听，我得对专心听我演讲的人负责。”我果断地调理好情绪，眼睛不再看朋友，只当他不存在。

我沉浸在往事的的回忆中，岁月中的那些冷暖历历在目，帮助过我的那些人一一涌出，那些人性的光芒映亮了我的眼睛……

我的目光在空荡荡的办公室中游移着，假想着很多观众正在认真地听我的演讲，他们在我的故事中和我一起流泪、欢笑、感恩、憧憬……

激情重新回到我的身上，我动情地讲述着，仿佛面前坐的都是我最诚挚的朋友，以至于朋友什么时候从阳台上返回，重新坐在椅子上我也没注意。我的眼睛不再看他，直到演讲完后，我的目光才重新回到他身上。

“啪啪啪啪……”朋友鼓起了掌声，我没好气地说：你在给我喝倒彩吧？”

“生气了？怪我刚才没认真听你演讲是不是？嘿嘿，刚才那些动作都是我故意的，你看，手机一直关着呢。我假装接听电话，扰乱你思绪；假装挑你毛病的观众或明或暗的言行，打击你的积极性；假装心不在焉的观众走来走去，分散你的注意力……还行，你起先有些不知所措，后来不在意了，那些打扰你的表情和动作，根本影响不到你了，明天决赛时就这样。别让一些有意无意的言行扰乱了你的思维，只当他们不存在……”

我的火气顷刻间化为烟云。

第二天的决赛设在宾馆大厅，观众很多很杂，有专门的评委和残联领导、各类残疾人朋友及他们的亲属，宾馆的服务员也好奇地站在后面张望着，不少到这家宾馆办事和吃饭的“无关”人员看到了，也过来“凑热闹”，场面有些杂乱。有位选手，看到后面走来走去的观众，思路一时“短路”，红着脸下台了。我也有些紧张，想起昨天朋友的调教，我暗暗给自己打气：那些扰乱我思维的言行，只当不存在……

走上了演讲台,我深吸一口气调整好情绪,微笑地开始了我的演讲。我的目光如蜻蜓点水,缓缓地掠过台下观众,目光所至之处,果然看到台下有不少漫不经心的听众,有人在打手机,有人在交头接耳,还有人突然离开座位……还好,我已做好了准备。我的目光只停在那些关注我的人身上,那些漫不经意的人,我看也不看。

那天,我发挥出了自己最好的水平,如愿获得了奖项。

我在掌声中走下了演讲台,心里感慨万分,人生,不也如一台演讲?有人关注你、鼓励你,有人轻视你、打击你,还有人根本不留意你,漫不经心地充当你人生的过客,想成功的你,只需在意那些关注和鼓励你的人,那些扰乱你心神的动作和表情,根本不需要在意,只当不存在。

太在意别人的指指点点会影响你的专注,扰乱你的心志、动摇你的信念,从而离目标越来越远。我们要做的是专注自己,奋力前进。

球王的荒凉往事

卓然客

无论什么时候，不管遇到什么情况，我绝不允许自己有一点点灰心丧气。

——爱迪生

他五岁开始踢球，七岁崭露头角，所有见过他的人都说，一颗足球新星正冉冉升起。然而，命运却在他十一岁的时候，跟他开了一个莫大的玩笑。他患上了一种叫作“发育荷尔蒙缺乏症”的怪病，骨骼开始停止生长。他的身高将会永远停留在 140 公分。

这对于一个“足球运动员”来说，简直就是灭顶之灾。

医生说，治疗的费用约要 600 万美元，疗效还要看运气。

这么高的医疗费用，是他的家庭远远无法筹措到的。

“放弃吧，孩子，足球已不适合你。”父亲悲痛地劝他，“先回学校读书吧，长大后，再学一门谋生的技能。”

他含着泪水一脸微笑：“不，父亲，足球是我的生命，我永远不会放弃它。就算我只有 140 公分，但是谁规定 140 公分就不能踢足球了？”

争执的结果是，父亲泪流满面，答应了儿子继续踢球。

他开始更加刻苦的训练，常常一天踢下来，全身全留下几十块青森森的淤痕。每天晚上，父亲都会抚着他的伤痕，在黑暗中叹息。他总是安慰父亲：“不要紧，父亲，足球带给我的乐趣远大于痛苦。”他咯咯地笑着，明亮的眼睛在黑暗中闪现。

2000 年 9 月，在一场少年队的比赛中，他脚法娴熟，盘带突破，制造了一个又一个球场高潮。整个体育馆都在为他欢呼。只有他的父亲，坐在一角悄悄地流泪。

他的精彩表现，引起了一个身材高大的老人的注意。这位老人，就是大名鼎鼎的巴赛罗那俱乐部总教练雷克萨奇。就在这一年，他被选入巴赛罗那青年队。

一年后，他成了队里的主力。一天，总教练雷克萨奇找到他说，如果他愿意与俱乐部签十年合同的话，俱乐部可以出600万美元为他治疗。

一刹那间，仿佛全世界都开出花来。他咬着嘴唇，连连点头。

就这样，他一边训练，一边接受治疗。到了2003年，他的身高终于达到了170公分。他凭借顽强的斗志与不懈的努力，终于改变了自己悲苦的命运！

他的名字叫梅西。阿根廷国家队队员，2008-2009赛季，连夺西甲、国王杯和欧冠三个冠军的“三冠王”。2009年“世界足球先生”的获得者。

2014年巴西世界杯上，梅西带领的阿根廷队球队以狂风扫叶之势连克尼日利亚、瑞士、荷兰、比利时等世界强队，荣获本届世界杯亚军。梅西本人更是以9个抢断、23个射门、4个进球的辉煌战绩，力压冠军德国队的诸多名将，获得“金球奖”。

这是一个真实的故事。

我不追星，对足球也说不上热爱。但是，在这个辽阔深沉的夜里，这位叫梅西的年轻人，以他特有的人生经历，将我感动得一塌糊涂。

那一年，他才十一岁，一个那么小的孩子，面对命运巨大的打击时，他微笑着选择了面对。如果当年，他有一丝一毫的放弃，那么今天，他只能是一个可怜的侏儒，在都市一个不知名的灰暗角落里，依靠人们的怜悯，艰难地谋生。

在看到他在荧幕上乌发飞扬，长传冲吊时，我心中涌起的是浓浓的钦佩之情。很多时候，英雄与侏儒仅仅一步之遥。你迎上去，挺了过来，你就是英雄。你灰心了，后退一步，你就沦为万劫不复的“侏儒”！

人生的高度不体现在身高上，而在于意志上、精神上。用自己顽强的意志和不懈的精神建起人生的高楼大厦。

把爱好做到极致

刘艳梅

小事成就大事，细节成就完美！

——戴维·帕卡德

秋风席卷着落叶飘然而至。一年里充满生机活力的春夏两季就这样悄无声息地从眼前溜走。满眼的落叶，在我的眼里如冷冬似的苍白，炫目的金色去哪里了？春播后没有秋实，我的人生一下失去了坐标。

晚上的街心公园，随着广场舞人群的离去，空旷而寂寥。同样孤寂的我，漫无目的地踱步至公园尽头。昏暗的灯光下，一位老者正低着头在方砖上写着大字，水迹未干，圆润刚劲。我盯着“引”字独特的写法，有似曾相识之感。

这时老者抬起头来。我惊呼：“曹老板，真的是您。三年没见，您的字进步真大！”“真有进步吗？好开心，每天早上五点到六点，晚上九点到十点，人来我走，人走我来，就怕人家说我写得不好。每天两小时，既练字又健身，还环保。”曹老板笑着走到我面前，举起手中大笔，“你看我这笔，笔杆是扫把柄，笔头是海绵，剪成形塞入扫把柄，用线扎紧，蘸水写字，经济实用。”

和曹老板相识在八年前。年近七旬的她当过会计，做过厂长，退休后开了一间手工加工坊。那时我刚搬到市区，无事可做时，曾到她的店里领过手工活，彼此成了忘年交，后来很少见面了。

五年前，曹老板在小公园晨练时，不小心被东西绊倒受了伤，至今腰部还有两块钢板没有取出。身体刚好，她就到小公园学习写大字。那时我也受伤在家，早上去小公园锻炼时，恰巧与曹老板再次相遇。在一动一静中欣赏曹老板写大字,是那段时间我最大的享受。上班后,我再也无暇去小公园,而她那个“引”字独特的写法给我留下很深的印象。

未承想,今晚和曹老板的又一次相遇给我带来了巨大的震撼。从过去的稚嫩到现在的刚劲,每个大字里该包含了多少汗水!“其实写字对我来说,纯属一个爱好。不问结果,把爱好做到极致,这就是我的生活理念。”她平静地说。

不问结果,把爱好做到极致。一语如一颗流星划过黑暗的夜空,点亮我灰暗的心灵,照亮我前行的路。落叶不再苍白,而是满眼金色。

每一个特长都是上帝赐予自己的翅膀,如果我们能够好好利用,那就是一笔不菲的财富。

书中的真谛

陈嘉然

书籍是青年人不可分离的生命伴侣和导师。

——高尔基

在一个月朗星稀的晚上，文友聚会。一个文友说:“今年的目标是能看完30本书。”文人之间说的都是最真诚的话,也很让我受益。他说贤内助教训他:你不能落后呀,要多读书才是硬道理呀！于是,他告诉我们:“给自己新的一年定了一个目标,读完30本书。妻子读书更胜自己一筹,我们一家人可谓是书香一家。”听到这,我顿时感觉惭愧,因为自己从来没有制订过什么读书计划,只是泛泛而读,也很少做读书笔记,平时就是随心而读一些杂志报纸而已。每次都借口不是工作没有时间就是回家做家务，过后就忘记了书柜里还有一些等着我捧读的书籍。

其实读书的过程,也是我们思考人生的过程,最近文友读了一篇《道德经解析》,没日没夜地读完后,备感舒畅,许多人生的道理迎刃而解。其中有一个老子常对弟子们说的“满齿不存,舌头犹在”的故事。据《淮南子·缪称训》记载:老子求学于商容,有一次商容生病的时候,老子去探望,顺便求教。商容静默良久,见老子确实有心求学,便问他:“人是先有牙齿,还是先有舌头?”老子回答说:“先有舌头,因为人一出生就有舌头了,牙齿是后来长出来的。”这时候商容张开嘴巴,问:“你看我的牙齿还在吗?”老子说:“已经掉光了。”又问:

“舌头呢？”老子说：“还在。”商容说：“你知道为什么牙齿晚生而早落吗？因为它过于刚强。而舌头为什么得以长存呢？因为它柔软。”

做人不同样是这样吗？太过于争强好胜，未必是好事。工作、生活上与人的相处是同等的道理。软化了，爱就在了。吵架双方，通常先停下来的，就往往是爱得越深的。同样，另一方也会被你的真诚所感动。他也会细想，是否自己太过要强，会产生亏欠的心理，也就是说软的一方未必就是输的一方。智者也！

我们经常主动认错，或者主动认输，是真的就对不起对方吗？不是的，只是不想失去他而已。适当地服软，是为了更好地在一起。

路

自然

不怕的人的面前才有路。

——鲁迅

一旦我们踏上了征途，就不可避免地要经历旅程间的所有的变数，其中，夜路很可能便是留给旅行者心灵深处最充满挑战的记忆了……

去年骑行青海湖的时候，我到达西宁才下午三四点钟的光景，从地图上一查，到湟源只有50多公里，不出意外的话，也就是三个小时的骑程。谁知出了西宁不久，暴雨骤至，其后便时大时小，淋漓不停。骑至多巴一带，路上泥浆横溢，汽车过处，飞花四溅，骑友小林恨恨地说："这估计是国道中能数得上的最烂的路段了吧！"

出了多巴，还未来得及细细品味走出泥泞的快乐，谁知又一头扎进了大山之中。峰高谷幽，云低雾浓，才晚上七点多钟，看上去已是暮色四合，夜影重重了。雨在林间号泣，风在草上哀鸣，如野鬼在游戏，似群兽在狂奔。路旁立有一块标牌，上写："湟源县，21公里。"后来才知道，这里是湟源县东峡乡的属地，雄峻的华石山和照壁山，在这里犬牙交错，涧水湍急，坡陡路险，危岩壁立，是青藏线上自古闻名的"海藏咽喉，天河锁钥"。

进入东峡，很快天便黑透如漆桶一般，大雨也开始倾盆而下，一直到湟源县都没停。我们两人，只有一把电筒引着我们前行。小林说："大哥，此时我们要是遇上狼群怎么办啊？"我笑了笑说："你还年轻，大哥啥样的生活没经历过呢？遇上狼群，我会迎之而上，掩护你逃离。这样，我们俩或许还能活下来一个呢！"小林也开心的笑了，说："大哥既然有这份关爱之心，我还怕什么啊？大不了，一起死！”

一路陡坡，车子根本就骑不上去，何况还是在风啸雨嚎之中呢？只能弓身推车，即使遇到一段下坡，也不敢松闸放速。展目四望，天上无星，地上无灯，目之所及，虚空无明。累也好，怕也好，滂沱夜雨也好，山大峡深也好，身在此境，除了向前，已别无选择……

将近深夜11点钟，当我们看到湟源县城的第一缕灯光的时候，心中骤涌一种难以言说的快慰！

路，是神圣的，因为她连着我们心中的圣地；路，又是神秘的，因为从走出家门的那一刻起，你并不知道自己会有什么样的际遇！在这神圣和神秘之间，唯有无畏的挑战者，才能淋漓尽致地享悟此中的奥妙之美！

路，是造化之琴上的弦，勇敢的旅行者可以在弦上奏出激情炽燃的生命之曲！

路，如果是伸展在心灵，那么，卓越的追求者便可以奏一支神超魂越的铸梦交响诗！

走一段路，收获一路生命的真谛。我们走了一生才会明白，勇士就是这样造就的。

像恋爱一样阅读

管笛琴

读书无嗜好，就能尽其多。不先泛览群书，则会无所适从或失之偏好，广然后深，博然后专。

——鲁迅

周国平曾说："青春期的阅读有一种恋爱的感觉。它是纯洁的、痴迷的，阅读的过程充满着奇遇。"

回想自己的青葱岁月，连解决温饱都成问题，哪有什么书看呢？

年少时，接触过的书就是学校阅览室仅有的小人书。阅览室不是随便能进去的，只有课外活动是阅读课的班级才能进，记得那时候最惦记着的就是我们班的阅读课。

走进阅览室，我两眼放光，不知道自己从哪一本书下手，就在痴痴地傻盯着那些小人书的时候，同学们已把书架上的书一扫而光。老师递给我几本大家抢掉地上的书，我迫不及待拿在手中，生怕再被同学抢走。我看着看着就忘了周围的一切，下课后同学们什么时候离开的我都不知道，最后是被老师赶出了阅览室。

记得有一次，电影队来放映《地雷战》。当我在阅览室看到《地雷战》的小人书时，激动得眼泪都要流出来了，那感觉简直比每天早晨母亲分到手的馒头还亲切。一节阅读课没有读完，下课后偷偷塞到袖筒里带出了阅览室，接着在数学课上偷看，我完全被书里的情节征服，老师讲什么都不知道。当看到雷主任他们造的各种雷把鬼子连炸带吓，渡边长官气急败坏的样子，我忍不住大笑起来，还兴奋的一拳砸在桌子上。当我抬起头时，老师和同学们的目光都在我身上,我半天还没有回过神来,当然后果是可想而知的了……

在人生最曼妙的青春期,那些小人书已经满足不了我了。但生活在那个年代的穷乡僻壤,很难找到一本好书看。只要拿到一本小说,我就爱不释手。学校不敢看,怕别人看到拿走,更怕被老师没收。只有在夜里点上煤油灯看。那时候有个强烈的愿望就是等自己将来有钱了,开个书店,把世界上所有的书都读完。

等工作了,成家后,因为工作的压力、生活上的繁忙、身体的疲劳,根本不能静下心来看书。偶尔有时间阅读,都是为了实用,读一些专业性的书,就再没有纯粹去读一本自己喜欢的书了。

如今到了知天命的年龄,也该退休了,属于自己的时间多起来了,进入书店的时间也自然多了起来。每每走进书店,看到自己喜欢的书,或看到自己喜欢的作家的书,那种激动、那种快乐,还真就像恋爱一般。没有了功利的阅读真的好纯洁,读着读着,感觉眼前的一切充满无限魅力,好像又找回了恋爱的感觉,好像和整个世界谈恋爱,和整个人生谈恋爱。

回想起那个兵荒马乱的年月,书无疑是我们生活的全部意义,那个时候是喜欢书的,可是后来,我们似乎就不那么较真了,不爱学习了。

优雅的等待

叶落

一个人单身久了，你可以满心期待着另外一个人来分享你的生活；也可以就这样品味人生中一段独特旅程：自由、自在、自省、自爱。

——佚名

作为一名资深的光棍，在过去的25年中，似乎没有空缺过。回首那些时光，即使总以单身伟大自居，却未免失落空荡。如今，它又蹒跚而来，内心自觉地如此安稳与释然。不为这节日安慰自我的狂喜，亦不因独身一人的寂寞而悲伤。因为，我知道该来的时候它会不期而至，没有影迹之时唯独优雅的等待。

安然是我见过最干净的男生。他没有抽烟、喝酒、玩游戏的习惯，衬衫干净规整，寸板头清洁黑亮，待人温文尔雅，饮食规律，生活健康。他虽然在金融公司收入丰厚，但依旧用老式手机，不聊微信、陌陌，空闲的时间看书、学习。

只是，他找对象时不知见了多少个女孩，却仍然单身。身边的人都说他挑剔，我也调侃他是不是有同性恋的趋向。他总是以笑对我："再等等。"两年之后，再见他时已为人夫。那女子不算漂亮，但却知书达理，气质溢于言表。

我想，安然这样干净的让人敬佩的男子，环肥燕瘦，会有多少女子倾慕，而他没有选择最美貌的，也没有选择最富贵的女子。安然选择一个他爱的适合他的女子。

无论外界怎么评判，无论身边发生什么，他依然在那里不紧不慢，如他名字一样安然的生活、工作，不为世俗妥协，不畏光阴洗礼，做着最好的自己。在爱情来临时，不慌张不匆忙，握紧属于自己的所有，相信命运的安排，优雅的等待。坦然接受到来的一切。

快餐时代，闪婚闪离，一切如风即逝。茫茫人海，我们用前世的五百次回眸换得今生与她的一次擦肩而过，是幸运，是投缘。安然，等到了一份幸福，把握了一份缘分。他是聪明的，更是幸福的。

爱情到来的时候，如热烈的夏日，灼情的燃烧，让我们不顾一切地拥抱；爱情离开的那刻，如秋叶般静美，孤独的飘零，让我们守望她远去的身影。

爱情是烟雨巷子中的邂逅，只因在合适的地方合适的时间里遇到了合适的人，一起经风历雨，一起并肩而行。故意的强求，只会在泥泞的路上溅起点点的土迹。

爱情是深秋枫叶恰好飘零在肩上，只因你懂她的方向，她懂你的寂寞。所以在这个季节，她火红的颜色映红了那天边的晚霞。故意的摘落，只是留在地上的一对红叶。

爱情是经历长途跋涉两道铁轨的会合，只因命运的牵线、缘分的垂怜，相遇无期，却总有同行相伴之时。故意的会合，只是一场姻缘横祸。

一个人的时候，珍惜当下的懒散与自由。舒畅的呼吸，用力拥抱每一天。在安静的午后，手持一本泛黄的书籍，品味故事里的跌宕起伏；于濛濛细雨中，漫步在青灰色的石板上，思考人生的酸甜苦辣；至夜幕窗下，遥望漫天的星光，感叹苍穹的深邃无垠。

铁凝五十岁结婚。当冰心拉着铁凝的手问她：“你有男朋友吗？”铁凝不好意思的说：“还没有，正在找呢。”冰心拍拍她的手，说了一句很富于禅意的话：“你不要去找，你要等。”

人生寂寞难捱，光荫如流似箭。落叶缤纷的季节，思念如潮水涌来。时光这般美好，我们都不愿意一个人老去，但总会有一个适合自己的从远方走来，就像我们向她一样风尘仆仆地赶去，而这美好的相遇总会在某一天到来。而多少人又因为厌烦了等待，或自暴自弃恣睢生活，或委曲求全结婚生子，枉费了一世好姻缘。

光棍节，只不过是一个符号。盼望着脱单，盼望着她 / 他早点到来，我们安稳的工作、生活，只为守候一个人。光棍节，轰轰烈烈地来，就像要吞噬每一个单身青年的心一样气势汹汹。光棍节，更像一场耀武扬威的挑衅，为什么我们还光棍？

而单身的我们，只不过要做最好的自己，提升自己的修养。干净的生活，心怀善良，爱情的花苞终将穿透岁月风尘、纷扰的人群朝你含笑绽放。等待着相遇的一刻，定会有人陪你看花开花落，赏云卷云舒。走过单身的时光与她/他相伴，你会觉得连期望与等待都是你们幸福的组成部分。

单身的时候没有爱情，一个人站在人群中，没有感觉。当有一对情侣从身边走过时，情不自禁地瞥了对方一眼，回家的时候静静地想，那滋味是不是非常的美好，想着想着，心中甜蜜得睡不着，只是外表掩藏着羞涩，内心明显可以强烈地听到心在跳动。

灵魂中一只温暖的猫

清翔

只要厄运打不垮信念，希望之光就会驱散绝望之云。

——郑秀芳

那段时间对他来说，是一个孤寂寒冷、悄无声息的日子。考上早稻田大学后，酷爱读小说的他为能静心阅读，租了一间十分简陋破旧但很安静的房子，做他的专门阅读室。每天，除了学校的图书馆，就是出租屋，尽管十分清苦，但也让他阅读了大量的小说名著，汲取了广博的文学营养。

也许是上苍怕他过于寂寞，或许担心在孤寂冷肃中他的那颗心对世间的温暖感受不再那么敏锐，于是派了一个小精灵来陪伴着他，让他的情感继续美好且充满生机。

那天晚上，他在出租屋附近散步，忽然有一个暖暖的声音传来："喵、喵……"原来是一只猫，不管他是急走还是慢走，那声音总会跟着他，一直跟到了他的小屋。

那是一只褐色虎纹猫，充满灵气却有些凄惶，声音甜润中有几分黏滞。他本来是不想有任何生灵来打扰他的，但他认为这只小猫可怜，也就收留了它。而就是这只猫，给他带来许多乐趣。不，是让他心中有几分暖气在袅袅娜娜升腾着。他给这只猫取名"彼得"。

那时的日本经济非常窘迫，一心沉醉于读小说，精神上算是饕餮了，可物质上常常是一日三餐难以为继。按说，彼得来了后，饥肠辘辘应该是常态了，可事情反倒有了转机。

原来，在他们班上，有些女同学条件不错，以前他曾向她们求助，女孩们不是不理他，就是说“活该，你这是自作自受”。自从有了彼得后，女同学因为他富有爱心，主动借钱给他，让他和彼得不再在饥饿中度日。甚至有女同学从家中直接带了秋刀鱼或大虾送给他。这时，他和彼得就能打打牙祭了，热气腾腾的秋刀鱼汤或大虾汤，可以让他们口颊留香好些天。

冬天一到，房子四处漏风，他连一只暖炉也买不起。到了夜晚，屋外一片漆黑，寒风在窗外凄厉地叫着。幸亏有彼得，他能紧紧地搂着彼得，而彼得的那种暖，直热乎到他的心头。是的，他就是日本作家村上春树。

彼得让村上春树领悟到：世界原本是爱的世界，只要付出一点点爱，就能让自己得到许多温暖。从那时起，受到启发的他将自己文学创作的目标定为“写出让人感到温暖的小说”。

很快，因为彼得他就收获到了温暖美好的爱情。虽说村上春树那时还没有写出一篇有分量的小说，但他那“写出体温一样的小说”的目标一旦树立，也就放射出灼人的热量，这样的热量就吸引住了一个名叫高桥阳子的女同学。她从给村上春树和彼得送秋刀鱼、大虾，到被他磁石一般的力量吸引着走进他的小屋。

阳子第一次走进村上春树的出租屋时，一下子就被惊呆了，房间里整整齐齐摆满了书，各种英文书籍、字典，还有厚厚的笔记。虽说已是初冬，村上春树站在她的身边，却穿着单薄的外套，一双手冻得通红；阳子还看到他的饭碗中只有一些极其粗糙的食物。村上春树毫不隐瞒地说，就是这样的食物也常常断缺。

阳子的心灵被他在逆境中奋发的行为彻底震撼了。从那以后，她总会去默默地照顾他的生活。在同甘共苦的日子里，他们深深地相爱了，爱情的强大力量让村上春树看到了人生的光明前景与生活的乐趣。在他 22 岁那年，他们幸福地结合了。

结婚后最初一段日子，善良开明的阳子的父亲让他们小两口住在开被褥店的家中，让他们不至于为每天的一日三餐发愁。后来，小夫妻俩开了一间酒吧，为了感谢为他们带来幸福爱情的猫，村上春树给酒吧取名“彼得猫”。

其实，彼得让他有了创作的方向，让他有了文学创作的灵魂，而猫也成了他小说的支撑。每天下午，他都会有意无意在酒吧听顾客讲故事。夜里，他会为自己倒上一杯啤酒，彼得则暖乎乎地睡在他的脚边，这样他的脚就像捂着一个暖炉，在这种温暖中他开始写作。

就这样，村上春树写出了第一篇小说《且听风吟》，读者从字里行间感受到了那份温暖，这篇小说让他获得了群像新人文学大奖。从此，他一发而不可收。他先后发表了《1973 年的弹子球》《奇鸟行状录》《寻羊冒险记》等，小说中描写了大龄猫沙丁鱼、走失的青箭猫，以及那些没有名字的猫。而这些猫或多或少有着彼得的影子。

彼得总在激发着他的创作灵感。一次，他去欧洲采风，只好把彼得寄养在一家出版社的一个编辑家里。到了欧洲，他白天旅行采风，晚上写作。但他总会想起在家写作时，猫咪温暖地偎依在他脚边的情景，而这种刻骨铭心的思念更是让他文思泉涌。

从旅行地回到日本后，作为对这位编辑照料彼得的答谢，村上春树把在其间写的小说给了他，而这部书就是著名的小说《挪威的森林》，该小说的出版让村上春树大获成功，也奠定了他在世界文坛不可撼动的地位。

然而，他的这一切荣誉，彼得并不要与他分享丝毫。一天下午，阳光灿烂，村上春树散步回来，他发现彼得蹲在地板上，一双水晶般的眼睛睁得大大的，放射着特别美丽的光芒，可它四肢已经冰冷，彼得或许认为该履行的职责已履行完，应听从上帝的召唤回到天庭去了。而它那眼睛中迸射出的漂亮的光泽似乎在告诉村上春树：只要作品中有温暖，就能被人接受和喜爱，并永远放射出耀眼的光芒。

此后，村上春树又养了一只暹罗猫，小说《奇鸟形状录》就是为它所写。除了暹罗猫，特别爱猫的他又养了许多猫。在一篇文章中，村上春树说："人和猫的故事，在每一个有爱的角落里传播，像春阳的芬芳，夏阳的热烈，秋阳的静美，冬阳的柔暖。如果有一天早上醒来，发现猫不见了，我的整颗心都会是空落落的。养猫与读书对我而言，就像我的两只手，相辅相成，编织出多彩的生活。"

人们说，"一只猫有九条命"。一个人若能从猫身上领略到人世间的温暖，你的人生也能像猫一样，有着顽强的生命力，也就能呈现出多彩的美丽人生。

每个人心中都该有这样一只猫，它是打不死的小强，更是自己的信念和希望，是坚持下去的全部意义。

八风吹亦动

俊彦

一个人如果能够控制自己的激情、欲望和恐惧，那他就胜过国王。

——约翰·米尔顿

佛家有句术语叫“八风不动”。所谓的“八风”，是指利、衰、毁、誉、称、讥、苦、乐，四顺四逆共八件事。佛家教导说，修养到遇八风中的任何一风时情绪都不为所动，这就是八风不动。不论面对得到还是失去，欢喜还是忧伤，赞誉还是诋毁，都能做到气定神闲、不为所动，这样的人该有多么圣明、睿智，甚至几近不食人间烟火。也难怪，会有那么多的凡夫俗子对此心生向往。

说到此，不得不说起苏东坡的一件小事来。苏东坡一日兴起，做了一首赞佛的小诗：稽首天中天，毫光照大千；八风吹不动，端坐紫金莲。这首诗意境很高，苏东坡自觉甚是满意。于是抄好，让佣人渡江到对岸的归宗寺，给好友佛印禅师看。佣人归来，苏东坡满心欢喜地等待着佛印的大加称赞，没想到看到的却只有佛印在诗文下面写的两个字：放屁。苏东坡自然勃然大怒，马上雇船过江，要找佛印理论一番。他直奔佛印的方丈室而去，却见紧闭的门扉上贴了张字条：“八风吹不动，一屁过江来。”苏东坡见此恍然大悟，自知定力不足，顿时羞愧难当。

相信很多看过这个故事的人会情不自禁地对佛印竖起大拇指，说不定还会暗暗嘲笑苏东坡。我倒觉得这里的“羞愧难当”是后人揣测硬加上去的，依苏东坡洒脱的性格，顶多摇头一笑，笑自己的天真和孩子气。说实话，我也笑了，带着欣赏和会心地笑，在他身上何尝没有我们的影子呢！熬了几晚时间才做出的自认为完美的文案，却换来了领导的全盘否定；费尽心思为好友准备了一份惊喜，好友却不屑一顾；努力地表现自己，然后献宝似的给父母看，反而得到了父母不理解的责备……仅仅是这些小委屈、小失落就足以让我们奋起反击了，这时还哪管什么"八风吹不动"，先据理力争一番再说。如果对雇船方不在眼前，效仿东坡同学"过江"也是有可能的。

什么？怪不得我们不是圣人呢？谁说我们要做圣人了，且不说古往今来，真正能做到八风吹不动的所谓圣人有几个，单就是那种端着的姿态就足以让我们喘不过气来，做个率性直爽的凡人才更好。高兴就笑，不高兴就闹，失去了伤心，得到了自然开怀，遇到小委屈时，可以孩子气地去找对方理论，当然这样的人同时也是最单纯和简单的，因为对方的一句解释或者安慰，他就又可以"扑哧"一下笑出声来，之前好不容易装出来的生气早就烟消云散了。看看，如此简简单单、清清爽爽，多好！

做到八风吹不动，是圣人；笑看八风吹不动，是仙人。无论是圣人还是仙人，都是我等俗辈可望而不可即的。既然如此，倒不如做一个八风吹亦动的凡人，品尝酸甜苦辣、体会喜怒哀乐，有哭有笑，有玩有闹，谁说这样的人生不是精彩真实的人生呢？

你我皆凡人，生在人世间。终日奔波苦，时刻不得闲。既然做不到圣贤，那就不如承接一切生活的琐碎。

怀念与你同居的日子

叶浅韵

无为在歧路,儿女共沾巾。

——王勃

亲,离开那个云雾缭绕,稻香四溢的元阳梯田已快一个月了。梯田的大美,缥缈如人间仙境,我如许多人一样倾慕着它,曾不止一次地来过。但我更记得的是有你的梯田,它更加多姿多彩,更加鲜活美丽。

特别怀念那些与你同居的日子。那个离别的早晨,一直清晰地停泊在我记忆的发尖。在我伸手可触之间,一切情景历历入眼,徐徐如画卷。

楼下的早餐已经沸腾,我们斯斯慢慢地整理着东西。一只黑蝴蝶停在玻璃窗上,窗外是一片金黄的稻田,茂密的森林披着白色的纱衣,几只蛙鸣,许多鸟叫,宛如仙境,这是一个多么美妙的早晨呀。

电话铃声响了一遍又一遍,我们终于要出门了,你的长发,我的长发,香气弥漫,恍若我们与停在玻璃窗上那只黑蝴蝶是同胎的姐妹,只等阳光一出来,我们就要一同翩翩起舞。

一直认为,气场相同的人,不是已成相知,就是正走在通往相知的路上。在匆匆行走的旅途,总有一些人与风景,是心所愿意为之驻足的。文字就像是远山之前的一帘瀑布,走近了,大珠小珠溅落一身的畅快,淋漓不尽的欢叫,是留给世界一抹又一抹的亮色。无论以何种方式表达,总有一些句子,它可以直抵你内心的深处,并让你产生一种想要揭开庐山面目的渴望。

所以,当我看那份名单上写着“赵丽兰”的名字时,心里掠过些许激动。我们都是获奖作者,要去一个叫蒙自的地方,要在同一个台上领取属于我们共同的荣誉——滇东文学奖。终于,我要见到那个被我在文字里阅读过许多次,又被我身边的诗人们念叨了无数次的女子了。我心底飘过些小小的激动,如梯田上边飘忽不定的云雾,一分钟飘过去,另一分钟又飘过来。请原谅一个女子对另一个女子产生的一种别样情愫,它比异性之间的吸引更多了层怜惜与敬重,那是两个相同的物种突然在一个孤岛上相遇的惊喜和幸福。

偌大的房间里,两张整洁的床,我不知道我邻床的女子,她会是谁?但不管她是谁,都必定成为一种永远的缘分。我们都会是一些在心底收藏着真善美,有一颗诗心,愿意保持童真的女子。即使不成知己,也彼此相看顺眼。

记得每一次参加与文学有关的盛会,与我同居室的女子都是美貌与才华并重,她们的完美程度,总让我或多或少地产生一点自惭的感觉。从帕蒂古丽、卓玛到蓉蓉,她们那么出色,仿佛是上天刻意派来让我学习的精致女子的典范。以她们为镜子,我照见自己的浅拙。

想着想着我就迷糊起来,忽然听到开门的声音,我睁开眼睛,一个身材高挑长发飘飘,长裙摇曳丝巾袅袅的美女进来了。她说她叫赵丽兰,我有点克制住心中的小窃喜,这种感觉比邻家登徒子遇上美妇人的感觉更加美好,带着某种意料之外的天然巧合。

接下来的日子,我们成了如影的姐妹,同吃同住,有说不完的话题,笑不够的欢乐。她内敛些,我奔放些,但并不影响我们心灵所要到达的表述。她说文学的重量与温度,要做一个温暖的女子。我说文学的意义在于播洒爱与善良,要让自己的生活五彩斑斓。我们都是热爱生活的女子,一直追求精致的内心和生活,敞开心扉畅谈,让我们真实而快乐地走在一起。她关于诗歌、散文以及对文学的见解,丝丝入我心弦,重奏出另一种明亮的声音。短暂的几天里,在言语间碰撞、交流、升华、共鸣,弱水三千,取出一杯对饮,在山花烂漫处, 在秋月共赏时。

当离别的笙箫吹响时,这两枝波光潋滟里的水草,就要对着日夜奔腾歌唱的红河,向着漫山飘荡的云雾挥手作别了。所有的美好,收藏在胶片,珍藏在心底。我知道,即使过去很多很多年了,我们都老得不成样子了,我依然会怀念那些与你同居的日子,记得一个叫赵丽兰的女子,她若隐若现的香气,常常不期而至。

人生就是这样奇妙,你不知道下一刻会遇见谁,会发生什么。但珍惜就好,珍惜生命中曾出现过的人,珍惜那份温热的感动,纵使以后天涯各路,却也无悔。

占领一座“制高点”

陈鲁民

会当凌绝顶，一览众山小。

——杜甫

从飞机上往下看，白云缭绕，山峰林立，莽莽苍苍，很是壮观。在人的世界里，同样也是山峰林立，如刀似剑，直插蓝天，可以说每个杰出的人都是一座山峰，都有自己的制高点。

李白、杜甫占领的是诗歌的制高点，“一览众山小”；曹雪芹、施耐庵占领的是小说的制高点，也可俯视群山；王羲之、颜真卿占领的是书法的制高点，一字千钧，力压群雄；鲁迅占领的是杂文的制高点，笔扫千军，所向披靡；梅兰芳占领的是京剧的制高点，美轮美奂，光彩照人；牛顿、爱因斯坦占领的是物理学的制高点，博大精深，奇妙无比；徐悲鸿、齐白石占领的是绘画的制高点……想和他们一较高低，想从他们手里夺取制高点，一般来说不大可能，弄不好就会被人嘲笑为“蚍蜉撼树”。

然而，这并不是说后来的人才一点出头机会都没有了，因为还有次一级的制高点，同样很重要，很壮美。如果说李杜、曹氏占领的是三山五岳，咱们还可以去占领普陀山、五台山、峨眉山、九华山，一样的风光旖旎，美不胜收。譬如诗歌，即便不和李杜争老大，仍可以独树一帜，占领自己的山头，苏、辛占领的是豪放派的制高点，柳永、李清照占领的是婉约派制高点，陶渊明、谢灵运占领的是田园诗制高点，岑参、王昌龄占领的是边塞诗制高点，读他们的诗作，或波澜壮阔，或小桥流水，或金戈铁马，或柔情似水，都诗意盎然，给我们美的享受和精神熏陶。

如果连占领普陀、五台的机会也没有了，不要灰心，因为你还有别的机会，只要你在努力创造，不断摸索，在苦心孤诣，殚精竭虑，放眼望去，还有无数有名或无名的山头在等着你去征服、去占领。还说诗歌，李白的浪漫主义，杜甫的现实主义，双方对峙，不可撼动；豪放、婉约、田园、边塞几大流派也都名山有主，难以企及；但咱们还可以独辟蹊径，占领新的制高点，郭沫若的白话诗，李季的叙事诗，贺敬之的抒情诗，舒婷的朦胧诗，不都是吸引了大量读者，占领了属于自己的制高点，也奠定了自己在诗歌史上的位置了吗？

人人渴望事业成功，渴望出人头地，那就要争取做到“一招鲜，吃遍天”，一定要得有自己的事业制高点。有了这个制高点，你就是标准、楷模，你就是权威泰斗，你就有了话语权，这样，你就能居高临下，占尽先机，拿到事业成功的钥匙，掌握阿里巴巴的密码，在历史上找到自己的位置。可是，一代又一代人的激烈竞争，攻城拔地，可以占领的山头早被人占领完了，当今世界，更是人才济济，竞争到了白热化程度，想拥有一座自己的制高点，是越来越难了，但难归难，不等于没有一点机会。

关键要选准方向，找好突破口。一个最基本原则是：决不重复别人，务必要独出心裁。比如练书法，我们练一辈子隶书也超不过汉隶水平，终生研习草书也难赶上张旭、怀素，然而，现任书法主席张海苦心揣摩多年，终于发明了一种韵味独特的“草隶”体，清新明快，一鸣惊人，发挥“杂交优势”，硬是在草、隶两座大山之间崛起了一座新的制高点。

再就是要矢志不渝，持之以恒。每个制高点都是一点一点地堆起来的，说是占领其实更是建设，没有个十年二十年功夫，不可能奏效，有的甚至要倾终生之力。因为道理很简单，“合抱之木，生于毫末。九层之台，起于累土”，看看我们周围那些拥有制高点的人，哪一个不是夜以继日的工作狂，哪一个不是把事业看得重于生命？

每个有志者都需要占领一座制高点，不一定是珠穆朗玛，不一定高耸入云，但一定是独具特色的、与众不同的、饱含自己心血的事业高地、生命巅峰。

没有比脚更长的路，没有比人更高的山。生命的高度是无法衡量的，只要愿意走。

改变自己就可能改变世界

蒋光宇

每个人迈出一小步，社会就会迈出一大步。

——濮存昕

罗伯特·西奥迪尼是美国著名的心理学家，是亚利桑那州立大学的心理学教授。

一天，他在纽约结束了全天的工作之后，乘地铁去时代广场站。当时正值下班乘车的高峰期，人流像往常一样沿着台阶蜂拥而下直奔站台。

突然，罗伯特·西奥迪尼看到一个衣衫褴褛的男子躺在台阶中间，闭着眼睛，一动不动。

赶地铁的人们都像没有看到这个男子一样，匆匆从身边走过，个别的甚至是从身上跨过，急着乘坐地铁回家。

看到这一情景，罗伯特 · 西奥迪尼感到非常震惊。于是，他停了下来，想看看到底发生了什么事情。就在他停下来的时候，耐人寻味的转变出现了：一些人也陆续跟着停了下来。

很快，这个男子身边聚集了一小圈关心的人。人们的同情心一下子蔓延开来，有个男人跑去给他买了食物，有位女士匆匆给他买来了水，还有一个人通知了地铁巡逻员，这个巡逻员又打电话叫来了救护车。

几分钟之后，这个男子苏醒了，一边吃着食物，一边等待着救护车的到来。

大家渐渐了解到，这个衣衫褴褛的男子只会说西班牙语，身无分文，已经

饿着肚子在曼哈顿的大街上徘徊流浪了好几天。他是因为饥饿而昏倒在地铁站台台阶上的。

为什么起初人们会对这个衣衫褴褛的男子熟视无睹、漠不关心呢?

罗伯特·西奥迪尼认为,其中的一个重要原因是:在熙熙攘攘、匆匆忙忙的人流中,人们往往会陷入完全自我的状态,在忽视无关信息的同时,也忽视了周围需要帮助的人。这就像一位诗人说的那样,我们“走在嘈杂的大街上,眼睛却看不见,耳朵却听不见”。在社会学上,这种现象被称为“都市恍惚症”。为什么后来人们对这个衣衫褴褛男子的态度会有了较大的改变呢?

罗伯特·西奥迪尼认为,其中的一个最重要原因是:因为有一个人的关注,致使情况发生了变化。当时,自己停下来,仅仅是要看一下那个处于困境的男子而已。路人却因此从“都市恍惚”中清醒过来,从而也注意到了这个男子需要帮助。在注意到他的困境后,大家开始用实际行动来帮助他。

因为看到别人的善举,而对自身的心理产生了冲击,进而引发出行善的愿望和行动,心理学上将这种变化称之为“升华”。心理学的研究证明,帮助病人、穷人或者是其他处于困境中的人,最容易引起人们的“升华”。尽管这些助人为乐的善事,不一定都是轰轰烈烈的大事,也不像诺贝尔和平奖获得者特里莎嬷嬷在加尔各答帮助贫民时那样无私。

从心理学家罗伯特·西奥迪尼的故事,让人联想到英国一位主教的墓志铭:

我年少时,意气风发,踌躇满志,当时曾梦想改变世界。但当我年事渐长,阅历增多,发现自己无力改变世界。于是,我缩小了范围,决定先改变我的国家,可这个目标还是太大了。接着我步入了中年,无奈之余,我将试图改变的对象锁定在最亲密的家人身上。但天不遂人愿,他们个个还是维持原样。当我垂垂老矣之时,终于顿悟了一个道理:我应该先改变自己,用以身作则的方式影响家人。若我能先当家人的榜样,也许下一步就能改善我的国家;再以后,我甚至可能改造整个世界。

不错,自己一个人先改变了,身边的一些人就可能会跟着改变;身边的一些人改变了,很多人就可能会跟着改变;很多人改变了,更多的人就可能会跟着改变……正是在这个意义上可以说,先改变自己,就可能会改变世界。

每个人前进一小步,社会就可以前进一大步。并不是每个人都有改变世界的野心和能力,但每个人做好自己,便是为改变世界贡献自己的力量了。

童年的月饼

张亚凌

童年是人生最美的乐章。

——巴尔扎克

眼前是一盒盒包装精美的月饼，儿子却没有食欲，还吊着脸嘟哝：烂月饼，谁爱吃？每年的中秋节，看着这些价格不菲孩子却不怎么爱吃的月饼，我总会想起童年的月饼。

记忆里，通常是在暑假快结束时，离中秋节还有好些天，母亲就开始做月饼了。

在醒好的面里放进芝麻、茴香、椒叶、盐巴后，母亲就开始揉面了，袖子高高挽起，矮小的她还得踮着脚跟，给我的感觉真带劲。那会儿，天还比较热，她手上沾满面，又不能擦汗，就时不时把脸颊在肩上噌噌。面揉得筋道后，再擀成圆圆溜溜的面饼，抹一层油放一个饼子，七八个摞在一起，一箅子能摆好几摞。而后再醒一醒，面软和了，才在大锅里蒸。

母亲说，蒸气上来后再烧上 40 分钟就熟了。

蒸气上来不久，面粉的香味儿就出来了。快熟时，其它调料的香味儿才会冒出来，只是说不清是茴香的还是椒叶的。我会皱起鼻子使劲闻，直闻到鼻子都起褶皱了。

千呼万唤万唤千呼，月饼终于出锅了。曾经死死地压在一起的面饼，骄傲地鼓了起来，在揭开锅的一刹那，我都看见了它们在晃动，——不是晃动，是摆弄着身子在诱惑我！

手刚刚伸到箅子边，母亲就一巴掌拍打过来，嗔怒道："去——，手烫了就不馋了。”我会乐呵呵地补上一句:“手烫了不要紧,嘴没烫能吃就行。”

母亲将热气腾腾的月饼一个个摆在案板上,整个案板开始冒热气,白白的圆圆的月饼儿,躺满了案板。那会儿,我觉得案板好幸福好幸福,它要是有嘴,该多好啊。我都想让自己变成案板,摆满月饼的案板!眼睛看着,嘴就失控了,以至于哥哥就嚷嚷开了,妈,看你女儿流口水了。

母亲便骂道:“死没出息的,不要叫馋把你害了。爱吃?人家一块糖就能把你哄走了。”

骂归骂,骂完后,母亲会拿起一个月饼,分成三份,我们兄妹三个就欢呼雀跃般跑出了厨房。

在院子里,先是比谁的块头大,而后才开吃。软软的,麦香夹杂着调料的香,一闻都能香得晕过去。我的舌尖轻轻舔过饼儿的边,就是舍不得咬。禁不住诱惑了,咬一小口回味半天。

哥哥满脸鄙夷,说,真是没吃过好东西,大口咬,快快咽,那才香,——慢吞吞地吃,香味都跑完了!看哥,都快吃完了。

我似乎才醒悟过来,几口下去,快吃完了时,才看见哥哥狡黠的坏笑,——他才吃了一点点。接下来就是显摆他的月饼,说我是“猪八戒吃人参果”,说他“一天吃一口,还能吃好几天”,在我气得“哇——”的咧开嘴哭时,他大笑着跑远了。

我折回厨房时,母亲还在忙活着,她要清洗箅子,刷锅。我将委屈说给母亲,她笑了,说,吃快吃慢,进的都是你自家的肚子,有啥难过的?

唉——,在我们吃时,何曾想起过忙碌的母亲?

晒月饼才是最最让人难受的事。院子里,摆两条凳子,上面架着席子,月饼就一个个摆上去,在大太阳下美美地晒,直晒到干硬干硬的。这需要好几天的时间。想想看,在这几天里,你天天都可以瞅着香香的月饼可就是不能吃,该多难受。于是,就会出现这样的情形:

我们兄妹三人常常弯腰凑近月饼,闻,使劲闻,狠狠闻。隔一段时间,嘴猛的一张,很陶醉地抒情,“啊——,真香”,以至于我们觉得闻比吃都香。闻月饼，几乎是我们每天必做的功课，想想看，这样尽情尽兴的闻，也只有短短几天，得抓紧时间才不留遗憾。

晒干后，母亲会将月饼们用绳子串起来，高高地挂在房子中间，高到我只能仰视，踩着大板凳摞小板凳也绝不可能够得着。我到现在也想不通，矮小的母亲怎么会挂那么高？是不是父亲蹬着梯子帮她挂上去的？

一直要等到中秋节。

中秋节的那天晚上，院子里，看着大月亮，我们吃着“小月亮”，笑声，就在院子里飘荡开来……

华美、安琪、荣华等等这些所谓的品牌月饼，我也尝过，不过，我一直觉得最好吃的月饼，就是母亲做的土月饼，也可能是我这个人太怀旧的缘故吧。

记忆中的母亲，一天总是忙碌不停，也总能做出好吃的美味来引得我们欢呼雀跃。如今母亲已老，那些温暖的岁月也只能留在记忆深处了。